第九年

王璐琪 著

吉林美术出版社 | 全国百佳图书出版单位

图书在版编目（CIP）数据

第九年 / 王璐琪著. -- 长春 ：吉林美术出版社，2018.8（2023.7重印）

ISBN 978-7-5575-4033-3

Ⅰ. ①第… Ⅱ. ①王… Ⅲ. ①故事－作品集－中国－当代 Ⅳ. ①I247.81

中国版本图书馆CIP数据核字(2018)第119757号

DI JIU NIAN

第九年　　王璐琪　著

选题策划　李兴海
责任编辑　宋凤红

出版发行　吉林美术出版社
地　　址　长春市净月开发区福祉大路 5788 号　邮编 130118
网　　址　www.jlmspress.com
电　　话　0431-81629564
印　　刷　吉林省恒盛印刷有限公司
版　　次　2018 年 8 月第 1 版　2023 年 7 月第 2 次印刷
字　　数　100 千字
开　　本　640mm × 960mm　1/32
印　　张　5
书　　号　ISBN 978-7-5575-4033-3
定　　价　39.80 元

阅读是一种信仰

读书的人与不读书的人就是不一样，这从气质上便可看出。

读书人的气质是由连绵不断的阅读潜移默化养就的。

我认识的一些先生，当他们安坐在藤椅上向你平易近人地叙事或论理时，当他们站在讲台上不卑不亢、不骄不躁地讲述他们的发现时，当他们在餐桌上很随意地诙谐一下时，你就会觉得这些先生真的是很有神采。

此时，你就会真正体会到“书卷气”的迷人之处。

读书其实培养的是一种眼力。不读书的人其实是没有前方的，也是没有未来的，也是没有过去的。

拿我自己来讲，我写了那么多的书，那里头的那么多故事，其实写的都是我的来路——几十年的来路上发生的故事。

有时候我在想：和我一起成长起来的人，他们为什么写不出小说来呢？

我回老家，经常与他们聚会，我发现，说到童年往事时他们往往都没有印象，有印象的，又不能像我这样去深入地理解。

他们的回忆与我的回忆，有着本质上的差异。

我发现过去那么多那么多的故事，我看到在我的来路上，那些故事犹如夏天夜空的繁星在闪烁。

那么这个力量是哪里来的？我唯一要感谢的就是书，是书本给了我发现从前的力量。

读书人读着读着就有了过去、现在和前方——风景无边的前方。什么叫读书人？我这里简单下一个定义：拥有过去、现在和未来的人，叫读书人。

天下事，多到不计其数，人不可件件亲自实践。

人这一辈子，无论怎样辛劳、勤勉，实际上只能在极小的范围内经验生活，经验人生。个人之经验，九牛一毛、沧海一粟。

由于如此，人认知世界，十有八九是盲人摸象，很难对世界有完整的把握。

由于如此，人匆匆一生，对生活、对人生的理解也就一片苍白，乃至空洞；

人对活着的享受，也就微乎其微。生命看似蓬勃，但实际上只是虚晃一世。

鉴于如此之悲剧，人发明了文字，进而用文字写书。书呈现了不同时期的不同经验。

一个识字人，只需坐在家中，或案前、或榻上、或瓜棚豆架之下，便可走出可怜的生活圈栏，而进入一个无边疆域。

明明就是身居斗室，却从别人的文字里看到了沙漠驼影、雪山马迹、深宫秘事、坊间情趣……

读书渐久，经验渐丰，你会一日又一日地发现，读书使你的心灵宛如秋天雨中的池塘，逐渐丰盈。

博尔赫斯问道：什么是天堂？

博尔赫斯答道：天堂是一座图书馆。

图书馆的出现，使人类从凡尘步入天堂成为可能。由成千上万的书——那些充满智慧和让人灵魂飞扬的书所组成的图书馆，是一个神秘的地方。

任何一本书，只要被打开，我们便立即进入了一个与凡尘不一样的世界。那个世界所展示的，是我们梦中的天堂出现的情景。

那里光芒万丈，流水潺潺，没有战争的硝烟，没有贫穷和争斗，空气里充满芬芳，果树遍地，累累果实压弯了枝头……

书做成台阶，直入云霄。

图书才使我们完成了宗教性的理想。

何不将阅读作为一种信仰？

阅读就是一种信仰。

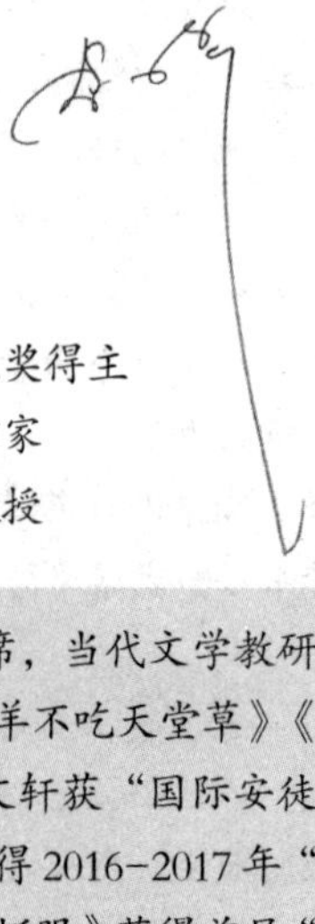

国际安徒生奖得主

当代著名作家

北京大学教授

曹文轩，中国儿童文学作家。任北京作家协会副主席，当代文学教研室主任、中国作家协会儿童文学委员会委员。代表作有《山羊不吃天堂草》《草房子》《根鸟》《青铜葵花》等。2016 年 4 月 4 日，曹文轩获“国际安徒生奖”，是中国首位获此殊荣的作家。2017 年 3 月 31 日，获得 2016–2017 年“影响世界华人大奖”。2017 年 12 月，特殊文体长篇小说《蜻蜓眼》获得首届“吴承恩长篇小说奖”。

目　录

聋爷

我们新修的传达室来了位老人，他双耳失聪，会说话，看得出并非天生耳聋，大家都喊他聋爷。

聋爷接管传达室后，在门口摆了小摊，在批发市场进一些便宜的吃食，再加些零头卖给我们，赚个差价。

冬天的清晨，聋爷通常起得很早，推着三轮车去批发市场进货，当他满载而归的时候，学生们已陆陆续续地从四面八方来上学。几个调皮的学生总是趁聋爷蹬三轮车时，从车后面偷拿零食，动静再大也无碍，反正聋爷听不见。有的学生得手了，有的被聋爷感觉到了。他回头见学生偷拿他的货，瞪着眼，嘴里呜噜呜噜地说话，但听不清说的是什么。

他从车上下来，摇晃着枯瘦的身子推搡学生，脸上满是愤怒。学生腿脚灵活，笑嘻嘻地跑掉了，边走不忘边喊："聋子！"喊完哄笑着散开。这哄笑或许没什么恶意，只是单纯感到可笑而已。

这帮孩子太过年轻，不懂得去包容，去体谅，不懂事的未成年人大概算得上是最残忍的一个群体。

因为无知，所以残忍。

一天，我们班主任背对着教室门讲课，大家听得昏昏欲睡。聋爷要送信，就径直进了班，站在讲台上，拿起黑板擦开始擦黑板。黑板上有我们老师刚列好的提纲，他擦得干干净净，然后开始写谁谁有信，来自哪里。他写完了，拍拍手，声音洪亮地说："来信了，请查收。"吓得老师回头一看，黑板上他辛辛苦苦写的板书变成了聋爷歪歪扭扭的字迹。他怒不可遏，上前驱赶聋爷。

由于老师的不尊敬，学生们自然不会再有尊敬聋爷的意识，经常欺负他听不见、道不清，面带微笑地骂他。他见了笑脸就回个笑脸，不管学生说话时唇形是什么样。

他大约是能读懂唇语的，可他宁愿相信自己读错了——因为那人脸上是带着笑的，理应回礼。

聋爷经过那次"驱赶"，老实了许多。有了信，他就不声不响地站在教室门口，眼巴巴地等着。有些老师见他来了，就停止讲课，点头示意他把信放下；有些老师则会故意让聋爷站着等，并非课程多么重要，而是不耐烦，公开忽视这位老人的存在。

聋爷实心眼儿，他手里捏着一两封单薄的信，倚着门框站着，看着听课的学生，笑容舒展，等老师允许他进去，再履行他的职责。

一次，我去买糖。聋爷问我："这学校可好？老师可好？"

我敷衍道："好。"并特意张大嘴，拖长了音调，让他看清我的唇形。

"叫我的小孙子来上学，可好？"聋爷又问，"你班上好不好？"

我语塞，不知聋爷这个“好”的标准是什么。由于急着回教室，我依旧说：“好。”

聋爷听罢很是高兴。

从此以后，他看见我就咧着缺牙的嘴笑，我去买东西或者取信，他就塞几颗糖果给我吃。

聋爷的过度热情使我觉得尴尬。同学们常常问我聋爷是不是我爷爷，未等我回答便开始起哄，一浪高过一浪，声音非常大，简直震耳欲聋。

在这喧闹声里，聋爷笑得犹如不谙世事的孩童，手舞足蹈地回到他的小摊上，目送着我离开。

时隔数日，聋爷到我们班找我，叫我出去后，指着身边一个瘦高的男孩说：“这是我的小孙子。”

男孩的目光根本没有落在我身上，他无聊地晃荡着一条腿。接着聋爷问我，班主任下午是否会来学校。

我明白这些日子他对我好的用意了。可我又怎么会有这种权力，可以介绍他的孙子来我们班读书呢？

我尴尬地领着他去了办公室。那是一个闷热的下午，老师还没来。聋爷带着他愣头愣脑的小孙子站在门口，等着我们班主任。

我们班主任进屋后，聋爷与他在走廊说话，脸上写满恳求。交谈几句后，班主任不耐烦地回绝了他，原因是他没有本市户口，孩子要借读，就要交借读费。他说完便进了教室，并用严厉的目光扫了我一眼，意思是让我别多管闲事。

我想跟着班主任进班，然而又怜悯聋爷，只好对他的孙子说，让他带着聋爷找校方交借读费。

然而，他顽劣的孙子压根儿不理我，见老师走了，便甩开聋爷，消失得无影无踪。

无奈之下，我带着聋爷去了教导处，替聋爷表明来意。教导主任倒是爽快地给了一份文件，响亮地说了两个字：“交钱。”

聋爷如领圣旨，反复道谢，虾米一样的腰，弯得几乎点了地。

到初三临近毕业的时候，聋爷的小孙子成了我的同桌。

借读生的身份使他很不快，我们很少见他与聋爷说话。在公共场合遇到小孙子，聋爷总是显得很愉快。可小孙子却不与他说话，熟视无睹地走过，聋爷也不责怪，宠溺地看着他的小孙子离开，眼睛笑得眯成了一条缝。

从此以后，聋爷见到我更加热忱，经常拿了双份的零食，托我带给他的孙子。只是我转交的聋爷的零食，他的小孙子从未吃过，那些零食廉价而且味道寡淡，他通常是毫不留恋地扔了。

小孙子的态度不影响聋爷的兴致。他虽不和小孙子言语，但每当小孙子出现在他的视野里，他定是中止手头的一切工作，专心致志地看着，等小孙子走出自己的视线，他才乐不可支地继续进行手头的工作。

聋爷自娱自乐的行为几乎全校皆知，这更令他的小孙子不快。他不爱学习，经常上课睡觉，老师只好命他站到外面去。可这正合他意，被罚站时，他就跑出去玩儿，一走就是一天。

这个借读生由于频频逃学，最终被记大过，学校要他请家长来，聋爷成了他的首选目标。聋爷每次挨了训回来，还高高兴兴地给他拿东西吃，但这并未改变他对聋爷的态度，在大部分的情况下，他还是装着不认识聋爷。聋爷并不计较，他的偶尔理睬已经使聋爷很高兴了。

到了后半学期，聋爷的孙子彻底离校，终日在街上闲逛。

那时我刚尝试给杂志社投稿，明知道有信聋爷会亲自送到班里，每日我还是要去传达室，问有没有我的信寄来。聋爷见着我，脸上像点了一盏灯，瞬间亮了。他问我，他的孙子最近表现怎么样，我便支支吾吾地说挺好。他听罢很高兴，殷勤地在一堆来信中翻找。一般是没有。

聋爷冲我摇头。我略有些失望的表情被聋爷捕捉到了，他给我拿了几颗糖，让我吃。大多数情况下，我都把糖放了回去。聋爷就不怎么高兴，他从传达室追出来，执意让我拿着糖。我给他钱，他不要，扭头回去，背影佝偻。

我至今还记得那个下午，阴，有雨。

聋爷拿着把伞立在我们教室外，挨个玻璃敲，说是找我。等我出去后，聋爷把雨伞夹在腋下，激动地在他贴近胸口的兜儿里掏，双手颤抖着掏出一个被雨水濡湿的牛皮纸信封，递给我说："看，看。"

我看着信封，上面是北方某杂志社的地址。我欣喜若狂，拿着信便跑进班里，甚至忘了跟聋爷道谢。

聋爷就趴在窗台上，用手抹掉玻璃上的雾气，大睁着喜气洋洋的眼睛看我。

我在位子上拆开信封。信上通知我的一篇文章用在第几期杂志上。信纸一半是湿的，另一半被聋爷焐干了，还带着他的体温。

老师知道消息后，在班里读了信。当同学们在教室里鼓掌的时候，聋爷也高兴地在窗外鼓掌，夹在腋下的伞掉了几次，他一再弯腰捡起来，夹好，继续鼓掌。

从那以后，无论什么信件，只要是我的，聋爷定会风雨无阻地给我送来。其中有的是读者的来信，有的只是让我加入某文学社的邀请函，收费的那种，并没有什么意义。

然而，聋爷每次把信交给我时都极为自豪和认真，有时一天还要跑好几趟，在老师上着课的时候也执意把我喊出去拿信。老师的神情有时不大好看。然而，聋爷并不在意，他似乎认为帮我传达了非常重要的信息。在递给我信时，聋爷的目光还会往我身边那个空了的位子上看，看得出神，然后问我："他还没来上课？"

"没有，一直没来。"我简洁地回答，接了信就回到教室。

聋爷却还在教室门口站着，并无动作，只是盯着我身边的空位，呆站着。

渐渐地，同学们说聋爷是我的"经纪人"，甚至惟妙惟肖地学聋爷郑重其事地把信交给我时的样子。这激怒了我，我与他们打了一架。由于体力不如他们，我输了。我气急败坏地跑到聋爷的传达室，跟他说以后信件我自己来拿，不用劳烦他一趟一趟地跑。

聋爷眨巴着眼，不解地望着我。他似乎没理解我的意思，有我的信依旧亲自跑来送，再询问他的小孙子是否来上课。每次他都高兴得直搓手，丝毫不理会我的不耐烦。

终于一天，我直言："你孙子这一个月都没来过！"

聋爷像是被针扎了一样，往后躲闪了一下，手足无措地看看我，有些怕我似的，低着头走了。但这不影响他来找我，有时候是送信，有时候是为了看他的小孙子。

当我从那个学校毕业后，心里感到很轻松，虽不愿承认那轻松有一部分是因为摆脱了聋爷，因为那是不近人情的，聋爷并没怎么着我，相反，他帮过我很多次，为我提供方便。

从那以后，我再也没见过聋爷。聋爷年纪大了，腿脚不便，很少在这个车水马龙的城市里到处走。他每日的活动范围也就是学校周边，偶尔推着他破旧的小三轮车进点儿货，在各个教室和办公室之间送送信，算是锻炼身体。

再投稿时，我改了联系地址，于是便不再与母校有任何瓜葛。只是偶尔在街上碰见聋爷的小孙子，才会提示我还有那一段记忆。

时隔三年，我上了高三。

一个冬天的傍晚，晚自习时我正在班里写作业，坐在门口的同学喊我，说外面有人找。我疑惑这个时间会是谁来找我，出去后，竟见到衰老了许多的聋爷在教室门口倚着墙站着。

我心中陡然一惊。

他看见我后眼前一亮，哆哆嗦嗦地看着我笑。不知道他是费了多大劲儿才找到我的学校，并且找到我的教室的！

三年不见，他更衰老了。他拄了拐杖，可拐杖有些过高，他的肩膀架在上面，腰部的衣服是悬空的。

他不利落地拉开棉衣的拉链，从内侧的兜儿里取出一封信，递给我。我接过来看，不知是谁看到我从前的文章，写信谈谈他看完的感受，并不十分重要。

我看完信后，撞上聋爷焦急的眼神，便说："谢谢你。"

他听罢才舒展眉头，松了口气。

聋爷用手比画了一阵。我看不懂他要表达的是什么，他比画了几次我都没明白，于是他放弃了，嘱咐我把信放好。

我想送他一段，他忙摆手，推开我，拄着拐杖就走，走得急，几近踉跄。

我有些怅然地看着他走远，后悔刚刚没有告诉他，这封信对我来说很重要，谢谢他这么远给我送来。

我对着他的背影大声喊了句"谢谢你"，喊完才省悟他是听不见的。一回首，眼泪已在脸上结了冰。

第九年

我们画室有一个特殊的学生，在大家只有 17 岁的时候，他已经 26 岁了。

所有人都在准备美术高考，他也在准备，据说，这是他备考的第九个年头了。

在艺术生的群体中，像他这样的情况并不少见，多数是因为美术专业课考试通过了，然而文化课分数却没有过线。所有人都说，没见过像他那么倒霉的，连考了九次，不是文化课没过，就是专业课没过，要么好不容易都过了，英语单科分数没过。

不过，大家都在忙自己的事，没人留心他的屡屡失败。

我们早上四点起床去私人办的文化课学校上课。上到早上八点，匆匆吃一顿早餐，早餐通常是鸡蛋灌饼或火烧。有时候我就会碰见他。

他比很多十几岁的男孩都要矮。文化课下课了，大家便一哄而上，把早餐摊子围得严严实实，但是他一来，大家就都老老实实地让出一条路，让他先买。

没别的理由——他是全画室画得最棒的，大家对他很敬畏。

有多棒呢？

他曾经在墙上画了一幅画，只处理了一半画面，另一半像是被人撕掉了，还卷着纸边儿。所有人都以为这是一幅残破的画，觉得不甚美观，伸手想揪着破损处撕掉，才发现自己抠到了墙皮。

那天老师来得比较晚，他到画室后巡视了一圈，然后生气了，因为那幅画。

“昨天的值日生是谁？怎么这里还有个烂……”他抬起手碰到墙的一瞬间愣住了，手指放在上面很久没有拿下来。再回过头的时候，老师目光直视着他，说：“钟霄，别继续考了，我聘你当画室老师，做我的副手。”

全班哗然，大家的目光齐刷刷盯着他。他没有回答，依然专注地挥舞着手里的画笔，时不时用眼睛快速瞄一下静物组。我坐的位置刚好在他的旁边，清楚地看到他捏笔的手一抖，一块颜色画歪了。

谁都知道他要考全国数一数二的艺术学府。很多人也劝过他，别这么驴脾气，降低一点儿标准，就能有一个不错的前程，但他不肯将就。

那所在北方的美术学院，每隔两三年才会有一个人考上，大部分人是想都不敢想的，都老老实实在自己的水平范围内选择，我也是。

我们画室在一栋破旧的七层居民楼里，一层和二层分别是初级班和学院班，三层是宿舍。因为就要拆迁了，三层往上都没有人住。那段时光非常快乐，一群孩子野人似的在楼里跑来跑去，老师不在的时候闹得更甚，因吵闹声太大，附近的居民都颇有意见。

可我们不在乎，肆意在残破的墙上涂鸦，有漫画，有人物肖像，还有一连串的印象派的色彩风景……明明是一栋即将被拆毁的旧楼，却被我们装点得犹如罗浮宫，远远望去，在一片灰蒙蒙的建筑中，它显得格外美丽。

我们最喜欢的地方是这栋楼的天台。

以画室所在的楼为中心，方圆一公里没有更高的建筑，所以天台的视野很好。画室的课程像工厂流水线一般，令人压力很大，并且十分疲倦，几个伙伴常常在天台坐着眺望远方，谈论着明天的梦想，彼此许诺将来发达了，不要相忘。

在我们中间，他一直是沉默寡言的那个，即使是私下的聚会，他也要带个速写本，在我们谈天说地的时候，就把我们的形态收拢在纸上。但每当谁提起梦想中的美术学院，他总要插上一两句话。

他说，在国庆放假的时候，他独自北上，去那所大学转了转。学校里有很多画展、摄影展，道路两边的树木很高大，他画了不少速写。

他说完便把速写本拿给我们看，一张张翻过去，似乎能看到一个年轻人清澈的心。

我自知不是天才级别的画手，虽人云亦云，报考了普通的院校，可当他那么痴狂地讲述在美院的所见所闻时，我也会动心。

初夏，天台的风凉快极了，啃干净的西瓜皮扔得到处都是，谁都没喝酒，可是都有些醉醺醺的。到了后半夜，不知谁指着天空说："快看月亮！"

然后我看到了此生最难忘的一轮月亮，它是红铜色的。

在黑暗的夜空中，它犹如一颗发亮的纽扣，显得如此遥远和不真实，那一瞬间，我们都有些忧伤。

夏天很快过去了。美术高考前夕，画室几乎没人说话，只听见笔划过纸面的沙沙声。持续十几个小时作画令所有人精神麻木，明天就考试了，谁也不敢偷闲片刻。

忽然有个同学喊："钟霄，外面有人找你。"

是一位年迈的老人，头发几乎全白，脸色土黄，一身普蓝色的衣服，背着一只布兜。看见他出来了，老人灰暗的脸上笑得犹如点了一盏灯。

他们站在画室门口，说了很长时间的话，老人几次把布兜交到他手里，他都不接，硬推回去。这样僵持了一会儿，老人生气了，一跺脚，他才勉为其难地接下来。他似乎要留老人吃饭，但是老人执意要走。

待他回来后，我问他："那是你爷爷？"

他面无表情地说："是我爸，知道我明天又要考试，给我送庙里求来的馒头，说是吃了耳聪目明，一准儿能考上大学。"

我忙向他道歉，他也接受了，一时相安无事。可是当我转身拿新的铅笔时，却发现他在默默流泪。

看得出来，他在努力憋着，不让自己放声大哭，憋得眼睛、脸颊都红了，因为用力抿着嘴，下巴上有一片小小的皱褶。

在呼吸的瞬间，他还是没能忍住那一声呜咽，全画室的人都知道他哭了。

这一年，他没有去考试。

他坚持了九年，在第九年的时候放弃了。

画室老师很守承诺，果然让他做了老师，带基础班的孩子。而这一年，我却很意外地拿到了那所美院的录取通知书。

拿到通知书的那天，所有人都过来祝贺我，他也不例外。那张单薄的纸，被他摩挲了好多遍。“真羡慕你，真的，羡慕你。”他复读机一样，反复讲，反复说，像是对我说，也像是对他自己说。

“为什么不再试一试呢？”我问他。

他有些为难地笑了笑，说：“我怕我今年考上了，家里拿不出学费。我任性地考了那么多年，是时候给家里挣点儿钱了。等攒够了钱，我再考。”

我想尝试着安慰他，却发觉自己词穷了。

我们这一届毕业没多久，画室就拆了，轰隆隆，推土机开过，我们的罗浮宫倒塌了。

老师将全体学生带到了市中心，租了一层公寓。他那时候已经成了老师的合伙人，所以他执意把地点选在有天台的顶楼。

再去看望他时，他发福了，似乎长高了一些，气色也好了很多，很像一个事业有成的人。他邀请我去画室看一看。

上了顶层后，我震惊了，若不是还有一丝理智，我会以为时光倒流了。

顶层一圈的墙壁上，全是孩子们的涂鸦，像极了当年我们的罗浮宫，尤其是天台，装修几乎一模一样。看得出，所有的设计都出自他手。

他站在一片彩绘前对着我笑，既像从前那个不服输的青年，又像一个全新的人。

“我现在可厉害了，虽然没有考上那个美院，可美院现在聘请我讲课，也值了……”他也不似从前那样寡言，谈起自己的事业，滔滔不绝。

不远处一个写生的学生喊他，他简短地向我告了别，就去学生那里指导了。

我一个人沿着彩绘墙慢慢地走，忽然发现在一个角落里有幅残破的画。走近一看，我笑了……又是他的恶作剧，让人误以为是贴上去的一幅画。可是当我看到画的内容，却怎么也笑不出来了。

那是六七个少年坐在天台上看月亮，所有人的目光都看向半空，唯独他，手里握着画笔，眼睛却看向我们。

这幅画旁边，有那么一个真人比例的彩绘，是个《阿凡达》中的纳美族人。她手持长矛，满脸戒备，忠心耿耿地守护着他们的潘多拉星球，以及我们曾经的罗浮宫。

界光路

佛祖显灵

界光路曾经繁华过。

街的尽头衔接护城河，有码头，在交通不甚便利、以船为主要运输方式的过去，这儿人丁兴旺、商业发达，一度被称作“小上海”。界光路至今还留有民国时期的建筑，木质的两层小楼，多数为普蓝或者枣红的楼身，带木格窗。街道不窄，笔直、敞亮，坦荡荡一眼望到尽头，一如皖西北的民风。界光路在此城的水泥路开通后逐渐败落，码头废弃，水文站的人日日来值班，一杯茶、一张报纸打发一天。渐渐地，城市规划人员忘记了这曾经的“小上海”，旧式民居大部分成为危房，几经倒手，转卖租赁，被打工者的家室青睐，因为这里房价便宜，环境清静，适宜孩子学习，一届毕业再来一届，来此城上学的人越来越多。

陪读的女人们站在自家门口，脚踩门槛，嗑着瓜子儿与对门媳妇聊天。安徽西北部的口音咬字很重，并有降调，带一点儿河南腔，但又没河南口音的弯转道儿多，加上这些媳妇们不太注重音量控制，稀松平常的对话也如同吵架一般。

她们早起的主要原因是家中有孩子上学。

在界光路，上学是头等大事，任何事务不可僭越。冬天天不亮，媳妇们就起床做饭。有些家有炉子或者电器的，能适当晚起，然而至今还烧锅的人家，鸡一叫便会升起炊烟。此时街道还未苏醒，屋里响着煎菜的声音与大人呵斥孩子的困倦之音，屋外一片冰凉的沉静，偶尔有一只瘦弱的柴狗小跑着经过。

过了六点半，街上开始有人走动，码头的灯灭了，借着天光，街道依稀可见。

女人追打小槌出屋，小槌的哭叫声响彻界光路，女人高大的身子与小槌的羸瘦形成了鲜明的对比，女人挥舞的胳臂打的不是儿子小槌，是她未来得及追寻就夭折了的梦想。

女人一个不留神，小槌逃脱她的手，远远地站着，哼哼嗤嗤地擤鼻子，女人长而粗野的叫骂将儿子推往与她不同的方向。

“小槌不是上学的材料，”女人对看热闹的对门媳妇说，“学校的老师说他写字马虎，等他爸回来肯定会揍他，他爸是个烈性子。”

许多人都认识小槌的爸爸，他在建筑工地当工头儿，管着界光路上不少孩子的爸爸。每个周末晚上，爸爸们疲倦地回家，拖着步子，大声吐痰、放屁，人未到、声先到。他们沿着河走回来，鞋底带着淤泥，形容枯槁，在家候鸟般停留两天，周一清晨再拖着步子离去。在家的两天当然不闲着，修理家里的桌椅板凳，解决房檐漏水等问题，当然，有儿子的还要教训儿子。

小槌的爸爸一到家就听女人说了小槌的劣迹，理所应当地，小槌挨打了。他爸将他撵到路边一棵高大粗壮的柳树梢头。为了维护自身威严，他搬个小凳子，在树下边抽烟边等儿子下来。等了半晌，只等来一身稀稀拉拉从树间落下的尿。

“你再打我，我就走！老师说，打人犯法！”树枝间的小槌大声喊。

“你倒是跑哇，有本事就别回来。”爸爸说。

不知过了多久，小槌的爸爸去隔壁看人打麻将，小槌屏气凝神地从树上溜下来，猫一般无声地钻进自己家。

于是，黄昏的界光路神态祥和下来。

晚上，小槌家传来小槌嘶哑的哭吼声，断断续续持续到第二天早晨。

第二天早晨，鼻青脸肿的小槌从门缝闪出，一瘸一拐地上学，双肩书包断了一条肩带，耷拉着，像条尾巴。他的目光呆滞并且充满疑惑。

这是界光路上的人在这个月最后一次见小槌。

他的书包里装着零散的毛票，换洗的衣物，还有四个阜阳卷馍。

小槌的爸爸当工头之前，在山上修庙的工地背石头，挂一个褡裢，龟一般缓缓上去，时间久了，背部形成天然的弯弧，双腿细瘦如干柴，青筋暴突。小槌的爸爸说这两条腿是铁裹着的，以此吹嘘自己还能干很多年。后来脊柱出了毛病，上山时常有眩晕感，站立不稳。他说等小槌小学毕业就不干了，否则哪天有可能会滚下山摔死。但是一直干到小槌上初三，等到所有的庙都修完了，小槌的爸爸才回家。

小槌问有多少人去庙里拜佛。

小槌的爸爸说：“多。”

小槌问：“有多多？”

小槌的爸爸说：“跟天上的星斗一般多，就是这么多的人去拜我扛上来的石头雕的佛像。”

小槌问：“为什么都去拜佛？”

小槌的爸爸清清嗓子，说：“富的人好了还想更好，穷的人过得不好，只想好。”

小槌问：“有没有灵验的？”

小槌的爸爸说：“我见过佛显灵。大雾里有光，就跟画里面坐着的佛的佛光一样，五彩的，很刺眼。光中间有个人影，我动，人影也动，我挥手，人影也挥手。我就知道我遇见佛了，赶紧跪着给佛磕了三个头。我说谢谢你关照我们一家子，要是小儿小槌考上高中，我明年来给你烧香。”

小槌说：“你拜的不是佛。老师说，这是阳光照在云雾上引起的衍射和漫反射作用形成的，中间的人影是你自己，你拜的其实是你自己。”

小槌的爸爸说：“瞎说，佛听了会不高兴的。”

小槌说：“我没瞎说，有科学根据。”

小槌的爸爸嫌恶地吐口痰：“科学根据个屁！”

小槌撇撇嘴，不以为然。

小槌的爸爸见小槌不以为然，火突地冒出来，碍于女人在一边唠叨，“你爷俩，不聚尚好，聚了就掐架”，便强行压制下去。

这是小槌挨打的前一个周末。

卷馍

女人能做阜阳卷馍。

四张春卷儿皮一叠，中间摊上鲜汤里煮熟的面筋、绿豆芽、黄瓜、茶叶蛋，浇上芝麻酱、辣椒或者蒜泥，卷成圆锥形，然后在卷馍顶部蘸点儿煮菜的汤，阜阳卷馍就做成了。女人买了一个带炉子眼儿的手推车，在界光路卖阜阳卷馍，一个两块，加火腿肠的两块五。

“阜阳卷馍”四个字是小槌写的，歪歪扭扭，阜阳的阜上面写成了“自”，看起来不伦不类。小槌上学与铁猪一道，铁猪原名叫铁奇。小槌走到路口，指给铁奇看他妈卖卷馍的招牌，说：“那几个字是我写的，阜阳的阜字写错了。”

铁猪到了学校，在班里说：“小槌的妈妈原来是卖卷馍的小贩，他说他家的卷馍大家去吃不要钱。”

大家对铁猪的话深信不疑。

铁猪功课好，穿得也干净，老师很喜欢他，让他当班长。铁猪的爸是界光路街道主任，有一间独立的办公室，因此在这一群打工者的孩子中，铁猪自我感觉甚好。有一次，学校组织看电影《马达加斯加》，这是美国的动画片，看到中间，大家都说好。铁猪站在电影院的椅子上大放厥词：“就是拍给我看的，它敢不好，它不好我让我爸赶它出中国。”引来没有独立思考能力的孩子们的一片掌声。电影院管理员打着手电筒来找铁猪，呵斥着，让他不要大声喧哗，影响大家看电影。

铁猪讪讪地坐下，对身旁的小槌说：“我说得怎么样？”

小槌说：“我觉着不怎么样。”

铁猪缓缓说了一声好，之后就沉默了。

这是铁猪散布流言的前一天。

乞丐

女人彻底犯了难。小槌的同学一批接一批地来摊位吃卷馍，吃了不给钱。他们身上也确实不带钱，家里管他们的钱管得很紧。他们拿了卷馍边吃边走，女人追上去问，他们说，是小槌说的，吃他家的卷馍不要钱，于是大家都来吃。

女人想把卷馍抢回来，可卷馍已被咬得面目全非。她便记着都有谁吃了白食，等小槌回来算账。小槌唱着歌蹦着回家，被女人截住。女人问："你变成大款了是吧？你这个败家孩子！"

"我又怎么了？"小槌很不满。

"你叫同学来家吃馍，吃完不给钱。你当我生意好做，家里钱多得使不完是不？"女人咬牙切齿，眼角瞥见邻居在旁边笑着看她娘儿俩的笑话，便揪着小槌的头发进了屋，反手一关门，顿时屋里漆黑一片。

小槌的惨叫声和噼里啪啦的声音从门缝里传出。

"我没说。"小槌叫唤。

"我真的没说。"小槌坚决地说。

"你没说是谁说的？"女人也哭，"你叫我怎么办？不给吧，怕伤了你的面子，给了，咱们家也不是富得流油。"

"我一个小孩要什么面子？他们来吃你就给，你傻啊？"小槌说。

"谁的心这么坏！"女人开始抹眼泪。

"你问他们是谁说的了吗？"小槌追问。

"他们就说是你。"女人说。

小槌说："我说了不是我。你记住有谁来吃了吗？"

女人说："有邻居家的姑娘。"

小槌一把推开门出去，瞧见邻居家的姑娘在自家门口做作业，衣服前襟上还有卷馍的酱汁印子。小槌一巴掌拍在她的桌子上，问："谁告诉你我家卷馍不要钱的？"

邻居家的姑娘抬抬眼皮："铁猪说的。"

小槌说："铁猪怎么知道我家卷馍不要钱？他听谁说的？"

"铁猪说是你亲口说的，"她不耐烦地扒拉开小槌的手，说，"别讨嫌。"

小槌向屋里的女人喊："你听见没有？是铁猪造我的谣。"

女人出来，说："铁猪功课那么好，怎么会乱说？肯定是你充大款，说完就忘了。"

小槌气极了："功课好就不会乱说？我功课差，我就乱说话充大款？"

女人说："一定是这样，你说是不？"她看着邻居家的姑娘说。

"是，"邻居家的姑娘表示赞同，"铁猪人好，功课好，还是班长，他说的话大家都爱听，老师说铁猪长大后要有大出息的。"

女人转向小槌："你把你同学吃卷馍的钱都给我要回来！"

她随即瞥见邻居家姑娘的眼神，慌忙说："你的就不要了。"

小槌说："我不去，谁给他们吃的谁去。要不干脆上铁猪家要他赔偿损失，他这是造谣。"

"我打死你这个不成器的家伙！"女人说着，一把拿起邻居家姑娘的圆珠笔往小槌的脸上一阵乱戳。小槌尖叫起来，他说："不去，我死也不去，你自己去要！"

"我今天就打死你！"女人嚷嚷着。

这是铁猪散布流言的第二天，离小槌的爸爸回家还有三天。

打架事件

铁猪今天值日。

他早早地来到学校，早于一般同学，坐下来开始写作业，并不是真写，他只是用圆珠笔描着从前拿铅笔写的答案。当班主任进屋时，他立即坐直，开始冥思苦想。他的眼睛瞄见班主任威严地立在门口看同学写字、看书，便拿着一道自己原本就会的数学题请教老师。老师耐心地讲解，铁猪时不时装作恍然大悟的样子，老师满意地点头，夸铁猪脑子好使。

铁猪做完作业后开始主动帮打扫卫生的同学扫地、倒垃圾，汗湿了刘海，白衬衫也脏了。老师心疼地说："歇着吧，别老替别人干活，让他们也学着承担自己的责任。"铁猪听话地点头，坐了回去。

老师走后，小槌默不作声地站到了铁猪面前，盯着铁猪的脸。

"回你座位。"铁猪不客气地命令。

小槌不动。

"你听见没有？"铁猪一摔粉笔盒，粉笔头掉到刚洒过水的泥地上，脏兮兮的，扫地的同学不满地喂了一声。

老师不在时，铁猪便判若两人。

小槌问："是不是你说的我家卷馍不要钱？"

"回你座位！"铁猪被气急了。班里同学们察觉到不对，纷纷抬头观望。

"重要的不是我家损失几个卷馍，而是你说是我说的。我讨厌有人冤枉我。"小槌说。

"我可没说过，就是你说的，是你亲口告诉我的。"铁猪用手指着小槌的鼻子。

小槌拨开铁猪的手，像勇猛的豹子一般冲了上去。两人打成一团。铁猪不占优势，他被小槌骑着，左脸一拳，右脸一拳，血混着泥水，濡湿了铁猪的衣服。有同学跑去喊老师。

“你们说，是不是铁猪冤枉我的？你们什么时候听到是我说的？”小槌问全班同学，急切地想要证明他的无辜，以及在家挨打的不值。

然而，班里的同学都静默地望着小槌，一言不发。

“你们怎么不说话？你，你，还有你，都是白吃了我家的卷馍的，怎么都没声儿了？你们听见我告诉你们我家卷馍不要钱了？”小槌在班里大声嚷嚷。

没人搭理他。

过了很久，才有一个人小声说：“别把钱看那么重，伤了大家的和气。”

“我把钱看太重？”小槌觉得又可笑又可气。

讲台上，铁猪哭得上气不接下气，见班主任来了，哭得更是凄凄惨惨，向老师示弱。事实证明，很多大人都喜欢需要自己援助的孩子，而过早有独立精神的孩子则被他们冷落。

老师指着门口对小槌说：“你给我滚回家，明天叫你家大人来一趟。”

小槌委屈地辩解：“您听我说……”

“我不用听你说！你不好好学习，还打架！”老师扶起铁猪，吩咐一个同学带他去洗流血的伤口。

“为什么不问问缘由？”小槌不服气。

“不需要问缘由！”

老师抓着小槌的胳膊，大力把他推出门，再关上门，指着远去洗血污的铁猪，说：“他身上的血就是缘由，你打人了。”

小槌固执地站在门口不肯离去。

班主任坐在讲桌前批改作业，班里的同学都把头压得低低的，没人敢说话，教室里静得可怕。

他独自站着。

铁猪洗完血污回来，叫了声“报告”，班主任亲自下来看铁猪的状况，抚着铁猪的肩膀。

除非小槌听错了，铁猪在与他擦身而过的时候，竟然很乖巧地对老师说：“老师，您让他进来上课吧。”

老师说：“好吧，你进来上课吧。”

小槌错就错在想用有形的证据去证明无形无影的流言。

小槌在班门口站到放学，他没进屋。

这是小槌爸爸临回家的前两天。

失踪者

这真是所有“园丁”的撒手锏——

“明天叫你家长来一趟。”

孩子犯了错，家长要受株连。比如古代，一人犯国法，家人通通逃不了，有灭九族之说。

女人不止一次进学校了，然而她还是战战兢兢的。学校里的老师干净整洁，与她每天接触的人大不相同，况且，她孩子又犯错，老师管不了孩子，来管她了。

家长在学校受老师批评了，没面子，怎么办？回家揍孩子，以泄心头之憋屈。她心中的确是这样打算的。

再三深呼吸后，她进了办公室。

她只说，孩子他爸快回来了，叫他收拾，孩子就听他爸爸的。

老师说什么女人都忘了，大部分是听不懂的，只知道孩子跟班长打架了。班长是谁？人见人爱的铁猪，界光路街道主任家的“公子”。女人顿觉眼前一黑。当然，这种形容有些矫情，可女人当时心里确实冒出了这么个形容。老师的嘴皮子不断翻动，奇怪的普通话使老师像来自另外一个星球，女人只觉得头昏脑涨，她想起了煤气中毒的经历。有一回冬天特别冷，冻得伸不开腿，于是她就把加热卷馍和菜的两只小炉子提进屋取暖，半夜起来上厕所，一起身，头晕头疼，恶心呕吐……老师的长篇大论使她重温了煤气中毒的感觉。

她的儿子就是煤气。

回到家后，女人异常平静，带着小槌去铁猪家道歉。小槌表现一般，低着头不说话，咬着手指甲。

铁猪的爸爸大腹便便，面色粉白，营养过剩的脸将女人对比得犹如难民。他用牙签剔着牙，一手掐腰，一手摸着小槌的头说：“小孩要管教，不管教，将来会犯罪，会进监狱。”

“是是是，”女人连连附和，“回头让孩子爸教育。”

说罢，她从贴身的衣兜里掏出一卷零钱，说：“这是二十块钱，给小侄儿买点儿零食吃。”女人讨好地看看铁猪。

铁猪爸喊：“儿子，过来接着。”

铁猪翻了个白眼儿，拿了钱往沙发上一堆，当着小槌母子的面就开始数。

小槌一偏头，躲过了铁猪爸的爱抚，顿时觉得自己头上糊了一层猪油。

从铁猪家出来后，小槌质问："你为什么不问原因就给他家送钱，还道歉？"

女人说："谁叫你打人家？你还有理了你！"

"你怎么不问问他为什么挨打？"小槌执拗地问。

"你把人家打出血了，"女人压低声音，狠命点着小槌的头说，"你就是有千万个理由也不该打人。"

"那我爸爸还打我！"小槌叫唤。

"那是你爸爸！你爸不打你谁打你？"女人也叫唤，"你个不争气、不懂事儿的家伙！你看看人家，人家是班长。"

"我还选票最多呢！"小槌小声嘀咕，"他不就功课好？"

"你这个嘴，顶讨人嫌弃！你那么多话，有几个人听你说？"女人冷笑。

"将来一定有人愿意听，还不止一个，远不止一个，"小槌想了想，说，"将来我说过的话会被翻译成各种语言，我的名字会被各种各样的嘴，各种各样的人叫出来。"

晚上，邻居家的姑娘给小槌家送来一碗馄饨饺，说是她妈下的，多出来一碗给小槌吃，上次的卷馍不能白吃。

女人满脸堆着笑，手在围裙上擦擦，又做了两个卷馍，亲自给邻居送去。小槌在暗影里坐着，听女人在邻居家说了半宿闲话。

离小槌的爸爸回家还有一天。

那天晚上，小槌开始动手收拾东西。他先自己卷馍，卷了四个，用塑料袋子密封好，又去找他在家里藏的"宝贝"：他的两本漫画书，三双旧袜子，一张残破的团员证，用以证明他的身份。

他把东西塞进一只旅行包里，这旅行包是他爸从前带着家人搬家时用来装衣物的重要的东西。

这时女人进屋，小槌慌忙放妥东西，装睡。

第二天，女人发现了小槌的包裹，知道他要离家，追打他，于是出现了开头的那一幕。小槌与女人之间的距离拉得很远。

小槌在他爸打他后的第二天，背着简单的包裹，出发了。

小槌出走了近一个星期，没人见过他。女人和小槌的爸找疯了。

然而小槌在花光自己身上的钱后，却自己回了家，怀里还抱着两只饿绿了眼的野猫。

这是他的难友，都是灰白的毛色，如同双生兄弟。

野猫

女人在屋里做卷馍的皮，眼睛红肿，显然是昨夜哭过。她的馍皮形状做得很不规则，有的地方薄，有的地方厚。

忽地进来一个人，雄赳赳、气昂昂的，她看清是小槌。

小槌下巴溜尖，眼睛深陷，闪着不正常的光。他放下怀里喵喵乱叫的猫，对呆愣的女人说："我饿了。"

女人回过神来，忙不迭地给小槌卷卷馍，边卷边抹眼泪，加了两个鸡蛋一根火腿肠，卷馍的体积因此特别大。女人双手捧着给小槌，小槌边吃边唤咪咪，猫们谄媚地蹭小槌的腿，仰着小脸儿叫得温柔，小槌把鸡蛋丢给猫吃。

"你这几天都去哪儿了？"女人声气儿温柔了许多，毕竟儿子找到了。她生怕卷馍不够，眼见儿子快吃完，赶紧又递上去一个。

小槌狼吞虎咽，不忘腾出说话的空儿说：“我打算远走高飞来着，再也不回来了，谁让你们都冤枉我。”

女人赶紧住了嘴，怕又勾起儿子的愤怒。

小槌回来了，在出走了六天后回家了，还带回来两只长相一样的野猫，这时离小槌的爸回家还有一天。

“这次，小槌定会挨顿狠打，依照他爸爸的烈脾气，一准儿。”界光路的人们看到小槌后，都这么说。

周末，工人们排着队风尘仆仆地从大巴上下来。大巴还没停稳，就见从上面下来个人，手脚并用地从车门里滚下来，一溜烟奔向小槌的家的方向，嘴里大喊大叫，又像哭又像笑，留神听，嘴里喊的是“我儿子回来了”。

那人进了家门儿，再出来时，小槌已经一脸不情愿地被他扛在肩上，像件商品似的展示给所有人看，似乎想让人们知道，他那离家出走的儿子终于回来了。

“以后你说了算。”小槌的爸喜极而泣。

“我说，我是被冤枉的。”小槌说。

“好好，你是被冤枉的。”

“我说，打人是不对的。”

“好好，爸爸错了。”

“我说，这个世界上没有佛。”

“好好，没有。”

小槌坐在爸爸的肩膀上，望着昏黄的夕阳，鼻子有些酸。

“我以后再也不乱跑了。”

“好，好。”爸爸的声音也有些哽咽。

父子俩一同望着缓缓西沉的太阳，神情肃穆。

冬季暖阳光

一

夜幕低垂，街道上的行人并没有减少，在这个喧闹繁华的都市里，另一个白天悄然降临。

林凡并不担心自己会被巴蕾发现，因为行色匆匆的人群是最好的掩护，不过为防止意外，她还是刻意与巴蕾保持着七米的距离。

巴蕾背着吉他，衣着朴素，如果林凡不是蹲守在巴蕾家门口，等她出现后立刻跟踪的话，打死她也不肯相信这是她的同学。

巴蕾是个内向的女孩，相对于其他六年级的孩子来说，她显得有点儿老成。刚进班的时候，林凡就被巴蕾吸引着。在课余时间，大家都挤在一起谈论最新的电视剧或者小说，谈话的主持者是谭晶晶，她与林凡的私交最好。而巴蕾则更喜欢一个人在角落里读书，或者戴着耳机，完全沉浸在自己的小世界里，那副姿态似乎在广而告之：“离我远点儿。”

如果不是那次元旦晚会，或许大家都不会对她留下深刻印象。在那场初中生为表演主力的晚会上，巴蕾手拿一把黑白相间的木吉他，神情漠然地登台了。调整好麦克风后，她唱了一首民谣，嗓音略带一点儿沙哑，音质空灵，好像是洒在瓷器上的细沙。

一曲终了，掌声雷动。她依旧是宠辱不惊地背着吉他下台了，临走前不忘向观众深深鞠一躬，动作十分利落，她那黑亮的长发在空中舞出一道闪亮的弧线。

“真骄傲！”谭晶晶嘲弄地说，显然她很看不上巴蕾。

从那以后，林凡才注意到，巴蕾手里的那本书是吉他谱，蝌蚪一样的音符密密麻麻，布满纸上，但巴蕾读得津津有味，时不时还哼唱一两句。她并没有因为元旦晚会弹唱的成功变得开朗，在林凡充满仰慕地与她搭讪时，她同从前一样，回答简短扼要，声音冷淡。

林凡知道，学校的很多男生对巴蕾都很好奇，经常背地里打听她。可是巴蕾的自我封闭状态一如往常，很快大家的兴趣就被新的东西取代了，巴蕾的名字也渐渐淡出人们的视线。对林凡来说亦是如此。但是前天跟爸爸逛街时无意中撞见的一幕使她无法释怀，从而引发了今天的跟踪事件。

二

林凡家在“酒吧一条街”后面，每天晚上她都会陪着爸爸去酒吧街附近的人工湖散步。酒吧街人声鼎沸，驻唱歌手的声音有高有低，在夜色中显得嘈杂而零乱。天性喜爱安静的林凡特别讨厌路过酒吧街，她宁愿扯着爸爸绕个远路。

就在父女俩即将绕开酒吧街的时候，林凡在人群中捕捉到一个熟悉的身影——侧扎的马尾，消瘦的肩膀，倔强的侧脸，还有那因为天气寒冷瑟缩着抱着胳膊的样子无不提示着林凡，她是巴蕾！

巴蕾与一个貌似初中生的男生并肩而行，男生也背着吉他。两人没有注意到林凡的存在，径直进了一家名为“冬季暖阳光”的酒吧。

“爸！”林凡抓住了父亲的胳膊，“我要进这个酒吧看看。”

一向对女儿百依百顺的父亲同意了。他们在酒吧的角落里找了个位子，父亲点了杯威士忌，林凡要了杯冰镇果汁。林凡庆幸酒吧灯光的昏暗，这样一来，巴蕾就无法注意到她了。

酒吧很大，陈设古旧，人不多不少地散坐在各个角落。巴蕾与男生在中央的舞台上坐着，两人相视一笑，开始演奏。

林凡从没见过巴蕾如此灿烂的笑容，这使她整个人都容光焕发。林凡这才知道，巴蕾并不是不爱笑，只是笑容没有给她而已。

巴蕾的声音在酒吧里响起后，林凡起了一身鸡皮疙瘩。事实证明，她的唱功了得。

父亲皱起了眉头：“这女孩子年龄不大啊！”

他招手示意酒保过来：“台上的女孩多大？你们用的是童工吧？”

“先生，她已经十八岁了，我们是正规经营的酒吧，不用童工的。点歌一首二十元。”酒保彬彬有礼地回答。

林凡强压下反驳的声音——巴蕾跟她一样大，怎么可能十八岁了？但是她脱口而出的却是：“我要点歌。”

她觉得一首歌二十元实在少得可怜，于是就撺掇爸爸给了一百，并在点歌卡片上写了巴蕾在元旦晚会上演唱的民谣曲目。

巴蕾接到卡片后微微一愣，目光在酒吧里四处打量起来，但是她没能找到林凡，因为林凡已经悄悄与父亲一起从侧门走了。

她隔着一扇玻璃门望着台上美丽的巴蕾，心里满满的全是困惑。

巴蕾，你知道自己在干什么吗?

三

林凡没有猜错，巴蕾就是要去“冬季暖阳光”酒吧，那天跟她一起的男生已经在里面了。林凡今天没打算跟进去，就在她打算离开的时候，巴蕾却在酒吧门口站住了，猛地回过身，目光与林凡在空气中相撞。

她已经看见我了！一瞬间，林凡羞愧得恨不得立刻遁地。

巴蕾一步步走向林凡：“你跟着我干什么？”

“我……”林凡支支吾吾地回答不出，她也不清楚自己为什么跟踪巴蕾，好奇心和关心各占一半吧。

“前几天是不是你点的歌？”巴蕾直截了当地问。

林凡没想到她会猜到，只好点点头：“你是怎么……”

“我的事跟你没有关系！”巴蕾不满地打量了林凡一番，“不许跟任何人讲起我在这里。”

这几个字从巴蕾精致的唇中挤出，她最后意味深长地看了林凡一眼，掏出一百块钱，还给了林凡，迅速转身进了酒吧。

第二天，林凡进了班后一直低着头，尽管如此，她还是察觉到了来自巴蕾的敌意，她几乎是目不转睛地看着林凡。整个上午林凡都战战兢兢的，直到课后混入聊天的女孩子中间，她才松了一口气。

可是当听到大家议论的话题后，林凡的心却猛然提了起来。

“你们知道吗？其实巴蕾已经跟爸妈闹掰了，”谭晶晶故意很大声地对女孩子们说，“她偏要学音乐，家里不支持呢！”

“你是怎么知道的？”一个女孩问。

“我消息灵通呗！还有，听说她跟一个高年级的男孩在酒吧驻唱！这个消息绝对可靠，我哥哥与那个男孩一起打过篮球呢！”谭晶晶得意扬扬地炫耀着自己的小道消息，林凡的头嗡的一声炸了。

下午还没放学，全班同学就都知道巴蕾在酒吧驻唱的事情了。

放学的时候，林凡被巴蕾堵在了教室门口。巴蕾的眼里似乎全是愤怒，还有点儿泪光。可是巴蕾实在太倔强，不肯在众人面前哭，只是低声质问着林凡：“你为什么要这么做？为什么？”

“不是我……”林凡慌忙辩解。

谭晶晶见不得朋友被欺负，冲上去推开了咄咄逼人的巴蕾。

“敢欺负林凡，先过了我这一关！”谭晶晶挡在林凡前面，声音极大。林凡急得想要辩解，但是巴蕾甩下一句“乌合之众”就走了。

“对待像巴蕾这种人，就不能客气。”谭晶晶对林凡说。

如果在往常，林凡一定附和她，可是现在林凡心里烦躁极了，她大声对谭晶晶说：“你根本不了解是怎么回事，也不了解她！”

谭晶晶诧异地看着她，似乎不相信这是平时温厚的林凡。而林凡也开始后悔了，她觉得自己不该冲谭晶晶吼。这一切都是因为误会引起的，先是谭晶晶误会了巴蕾的为人，然后是巴蕾误会了她，总之事情不该这么发展。

林凡望着巴蕾远去的背影，幽幽地叹了口气。

四

一连两天，林凡都没敢去酒吧街，她怕碰到巴蕾。但是其实在内心深处，她是很想解释清楚的。

一天晚上，林凡又与父亲路过酒吧街。她远远看到只有巴蕾一个人在舞台上演唱，台下的人寥寥无几。望着她的侧影，不知为何林凡觉得有些心酸。

当天晚上，她去了一趟谭晶晶家。

谭晶晶的家十分温馨，平时林凡挺喜欢来谭晶晶家玩的，但今天她是来找谭晶晶的哥哥的。

弄清楚了林凡的来意后，谭晶晶的哥哥很是诧异。

“巴蕾……”谭晶晶的哥哥认真地想了一会儿说，“是她，她跟顾宇是个组合，在‘冬季暖阳光’驻唱有一年多了。他们两人关系很好，不过最近解散了。”

林凡想起那天的确没见到顾宇的身影：“为什么解散？”

“顾宇来年要中考了，”谭晶晶的哥哥说，“酒吧估计不会再用巴蕾了，本来是个组合，现在只剩她一个，不好宣传。”

“那你了解巴蕾吗？”林凡怯怯地问。

“多少听说过一点儿。她的性格很独立，因为爸爸妈妈不支持她搞音乐，一气之下租了顾宇家的房子，最艰难的时候用五元钱支撑了一个星期！我挺佩服她的，如果有她一半的勇气，我肯定就去省篮球队了……”

林凡与他聊了很久。

当她打开门的时候，发现谭晶晶在门外站着，一脸愧疚地看着林凡：“对不起，我……”

“算了，”林凡摆了摆手，她心里清楚，其实谭晶晶就是喜欢八卦，并没有什么恶意，“以后，在说什么话之前，我们还是多想一想吧。”

林凡跟谭晶晶的哥哥聊过后，反而打消了去找巴蕾解释的想法——恐怕她并不在乎林凡说了什么，因为在她看来，林凡根本不属于朋友。

这一夜，林凡失眠了，她满脑子都是有关巴蕾的事情，总想为这个女孩做点儿什么事，让她知道这个世界并不总是充满着敌意。

第二天，她在操场后的香樟树林里找到了巴蕾。她独自坐在树下，在香气弥漫的树林里弹唱着那首民谣。微风掀开了她的曲谱，扬起几张纸。巴蕾的声音依旧那么纯美，然而却带着淡淡的忧伤。

纸纷纷扬扬落在林凡的脚下，她捡起其中一张，意外地发现曲谱居然是手写的，文字略向右斜，有些稚嫩，而字迹却苍劲有力。

音乐停了，巴蕾冷静地看着林凡，似乎已经知道了她的来意。但是她没有提起前几天发生的冲突，只是淡淡一笑：“你可能一直在奇怪为什么我会知道点歌的是你。”

林凡见她没有反感，就坐在她的对面，静静地聆听。

“那首民谣是我作词，顾宇谱曲的。我只在学校的晚会上演唱过，所以当时我推测可能是同学。那天见你在跟踪，我就明白了。对不起，那天对你那么凶，是因为我的心情不太好……”

巴蕾的声音低了下去，晶莹的泪水落在了吉他上，一颗、两颗……砸在琴弦上，像是一串珍珠。

林凡没有接她的话，而是不由自主地哼起了纸上的歌曲。

巴蕾很快振作了起来。她擦干眼泪，跟着林凡的歌声拨弄着琴弦。刚开始还有点儿瑕疵，慢慢地，吉他声与林凡的声音合二为一……

花开荼蘼

一

这是一个名副其实的五月天。

借着晚春的明艳阳光，千羽小口抿着原味奶茶，百无聊赖地翻阅着今天新到的时尚杂志。

上面的娱乐资讯千篇一律。千羽大致扫过去几眼，觉得兴趣索然。她刚想翻过去这页，却被一张俊美得犹如精灵般的面孔吸引住了。

没错，是他。千羽捏着小勺的手微微抖了一下。

他是新生代的影视剧演员，名字叫柏杨，比千羽只大三个月，却已经有了自己的一番事业。千羽仔细打量着他精致的眉眼，小声嘟哝道："都是同龄人，差别怎么如此大呢？他是明星，而我却只是一个普通的学生……"

在照片的下方，有一个告示，上面简略地写着：

想跟喜欢的明星拍海报吗？给你一个与柏杨近距离接触的机会，详情请登录官网。

告示后面就是杂志的官网。千羽盯着那一串网址，心轻轻一动。

“千羽……”妈妈在卧室门外轻轻地喊了一声，“荼蘼给你来电话了。”

“喔……”千羽丢下杂志，小跑到客厅，拿起了电话。

“千羽！”电话那头传来荼蘼充满活力的声音，“千羽，我决定了，我要找个兼职，在家实在太闲了！你说我去做什么好呢？发传单怎么样？”

“哎……”千羽脑海里立刻闪过刚刚看到的那个告示，“那个，刚才……”

她本来想告诉荼蘼，她们俩都喜欢的时尚杂志在招平面模特儿，荼蘼感兴趣的话可以去试试，但是话还没出口，却被咽了回去。

“千羽，你帮我出些主意啦！”荼蘼滔滔不绝地说，“我前几天去咨询了快餐店，她们接受小时工，不过我的年龄比较小，需要监护人签字。我觉得我妈肯定不会同意的，你也知道啦，我妈思想可顽固了……”

荼蘼丝毫没有察觉到千羽的异样，但是千羽已经走神了，耳边一片乱糟糟的杂音，心里有个声音在不断地重复着——我刚刚没跟荼蘼说那件事！

是的，荼蘼是千羽最要好的朋友，而千羽却在刚刚发现，原来自己是存有私心的。她为自己的这点儿小心思觉得羞愧，同时却又觉得理所当然。

二

如果你是头一次见到荼蘼和千羽，想必会小小地吃一惊。

像很多彼此关系很好的女孩子一样，荼蘼和千羽也会买同样的衣服和书包。她们俩的发型、发饰、裙子、鞋子都是一模一样的，虽然两人的长相并不相似，但是如此高度一致的穿着打扮的确会引起视觉上的误会。

“你们是亲姐妹吧？”一些人会这么问。

“当然不是！”她们俩异口同声地回答，之后又默契地相视一笑。这就是两人想要的结果，感情好就要表现出来，这似乎是她们俩联络感情的方式——因为在这个世界上总有一个人与我相似，所以不会觉得孤单。

上了初一后，千羽与荼蘼的性格都发生了小小的变化，原本都爱玩爱闹的两个人的步调逐渐开始不一致起来。

荼蘼更加外向，已经不满足于自己的生活圈子只局限在学校，而是把目光投到了外面。从小学五年级开始，她就通过给人送报纸、照顾宠物或者修剪草坪来挣零花钱。渐渐地，社区里的人们都记住了一个名叫荼蘼的活泼的女孩，她有一双漂亮的长腿，笑起来左脸颊有一个深深的酒窝。

而千羽则越来越“宅”。一到周末和假期，她就缩在家里，要么看电视，要么上网，偶尔看看书，反正不想出去。无论荼蘼怎么劝她走出门，跟她一起做兼职，千羽都不答应。

可能大家会说，性格不同又怎么样，正好可以互补嘛，朋友之间不是应该相互帮助，让彼此更完美吗?

这话不错。最初千羽也是这样认为的，但是现在，她却不这么想了，因为两人之间是存在裂痕的。

裂痕是从什么时候开始出现的呢?

每每想到这里，千羽心里就会觉得难受。

那天与平常并没有区别，千羽没和荼蘼一起上学，她背着书包，独自走在街边。

已经是晚春了，各种花已经纷纷凋谢，葱郁的枝叶占据了这个季节，千羽觉得身心舒畅。

满目的绿色在街道两边延伸。突然，前方出现一片花海，一户人家的墙上开了满满当当的乳白色小花，像樱花一样绚烂，甜腻的香味扑鼻而来。千羽被这晚春的花朵吸引住了，忍不住停了下来，站在花墙下面仰望。

脚下的地面上凋落了薄薄的一层花瓣，水泥地不再单调，而是像花毯一样唯美，时不时还有细碎的花瓣随风起舞。

好美的花啊……千羽不禁陶醉了。

这时，门吱呀一声开了，一个男孩扶着一位白发苍苍的老婆婆走了出来。千羽本想赶快走，免得这家人误会自己，可是老婆婆却喊住了千羽。

“是荼蘼吗? ”老婆婆眯着眼睛，和蔼地说道，“谢谢你去年帮我修剪荼蘼花枝，要不然它今年不会开得这么美。有时间的话来家里喝茶呀，我给你留了好几样点心呢! ”

荼蘼花? 这么美丽的花居然与荼蘼一个名字? 千羽有些醋意，仔细打量了花树一番。过了好一会儿，她才恍然大悟，看来老婆婆是把自己当成荼蘼了，可能老人家眼神不太好使。

千羽略有不快，故意大声说:“你认错人了，我才不是荼蘼。”

“你不是? ”老婆婆颤颤巍巍地走到千羽面前，上上下下打量了一番，眼神瞬间黯淡下来。是的，千羽和荼蘼长得并不像，可能荼蘼替她修剪花枝的时候穿的衣服与千羽一样吧。

“奶奶，她确实不是。荼蘼是个很有礼貌的女孩子，可她说话的语气好生硬。咱们走吧。”男孩耐心地对老婆婆说着。

接下来发生了什么千羽完全不记得了，男孩与老人是怎么走远的她也没了印象，因为此刻她正为老人充满欣喜地走过来，却又因认错了人而变得失望的眼神觉得心寒。

千羽酸楚地用脚蹭着地上的花瓣，很快，花瓣无声地被碾碎了。

荼蘼真的就那么惹人喜欢吗？同样是年纪差不多的女孩，怎么会有这么大的区别呢？

三

“千羽！千羽！”

明明听到荼蘼在她身后不停地叫，可是千羽就是不想转过身去搭理她。

食堂里人声嘈杂，千羽没有等荼蘼，而是自己先来吃饭了。她左手稳稳地扶着饭盒，右手拿着筷子，却紧张得不知该从哪里下手。

荼蘼很快拨开了挡在她面前的人群，不客气地坐到千羽的对面，啪的一声，将一样东西拍在千羽的面前。

千羽一怔，那是上一期的时尚杂志，登有招聘平面模特儿告示的那本。

“哈哈，千羽，看我买到了什么？上个月的杂志，这个月特价处理了，才两块钱！便宜吧！”荼蘼眉飞色舞地说。

千羽不禁有些紧张，难不成荼蘼看到里面的告示了吗?

她装作什么都不知道，拿起了杂志，手指轻轻搁在有柏杨的彩页上。

“我上个月太忙了，都忘记看了，今天才想起来，就在报刊亭买了一本。我还没开始看呢，真期待啊！”荼蘼开心极了，拿过杂志，想边吃边看。

千羽的心不禁抽搐了一下。假如荼蘼看到了告示，会不会主动去报名？千羽已经去官网查了，想报名，先得往杂志社寄生活照片和填写简历，通过后才能面试。现在距离报名截止时间还有一个星期，以荼蘼的性格，会不会直接跑去杂志社毛遂自荐?

千羽的心乱极了。她挡住了企图掀开杂志的荼蘼的手，笑呵呵地说：“我也忘记看了，先借给我看好不好？我很想看！”

虽然面有难色，可是大方的荼蘼还是爽快地把书递给了千羽：“好的，谁让我们是好姐妹呢，你先看吧！”

千羽本以为还要争取一番，没想到荼蘼那么快就答应了。她有些受宠若惊地把杂志放到腿上，唯恐荼蘼又吵着要看。可是在整个吃饭的过程中，荼蘼都没有再提杂志的事情，而是把注意力放到了午餐上。

“今天有你最爱吃的油焖大虾哎，来，我的这份分你一半！啊？你那里有鱼香茄子！我的最爱啊，不如你也分我一半……”

千羽看着心思单纯的荼蘼认真分菜的模样，有些不忍——这样做是不是太过分了呢？千羽有些迟疑起来。

可是当另一个同学热情地加入她们两人，亲热地与荼蘼聊起明天去动物救助站帮忙的事情时，一丝不快却又涌上千羽的心头。

荼蘼可真是的……

千羽忍不住要责怪她，可是却说不出荼蘼究竟怎么了。是呀，荼蘼怎么了呢?

四

千羽的面前是一张荼蘼的生活照，以及一张从网上下载的报名表。

在芬芳四溢的咖啡馆里，千羽陷入了沉思。妈妈去咖啡馆隔壁的理发店做头发。千羽实在受不了理发店的嘈杂，就与妈妈商量，自己在咖啡馆里等她，她做好头发就来咖啡馆与自己碰头。

这样做到底好不好呢?

说实话，荼蘼与千羽都属于那种普通女孩子，有着并不出色的五官，并不出众的身高。非要找优点的话，就是荼蘼的腿很漂亮，又细又长，而千羽的皮肤很细润。不过，在千羽看来，荼蘼要比自己好看得多了，尤其是这张在虞美人花丛中拍摄的生活照，真的非常美。

荼蘼穿了一件白色连衣裙，戴着一顶田园花边帽，身后是一望无际的深红色虞美人花田。她的笑容那么明媚，连阳光都黯然失色。

那是学校组织春游时，千羽用相机给荼蘼拍的。回想起来，那时候两人似乎没有现在这么深的隔阂。果真是人越长大越孤单么？千羽怅然地想。

信封已经写好了，可是报名表还没有填。千羽不知道该怎么办才好，她真的很想在报名表上填上自己的名字和简历，哪怕是用荼蘼的照片赢得面试的机会，混进杂志社见到柏杨呢！

不知道为什么，千羽对自己的外貌并不满意，最起码与荼蘼比起来是这样。

突然，手机亮了一下，荼蘼发来了短信。

那是一条典型的“荼蘼式”信息：“哇哈哈哈！千羽，我找到工作了！我妈终于同意给我签字了！我要在快餐店做收银员！一个小时二十元钱呢！说吧，你想要什么生日礼物？”

每句话后面都有语气强烈的标点，似乎这个女孩一直处于亢奋状态中。千羽忍不住抿起了嘴想笑——距离自己生日还有两个月呢，这个家伙可真急啊！

这时，妈妈已经做好了头发，站在咖啡馆门口，隔着落地玻璃窗，轻轻敲了敲玻璃，嘴里还说着什么，好像是在叫千羽的名字。

千羽像做了亏心事一样慌忙把荼蘼的照片塞到信封里，把报名表夹在杂志里，假装自己什么都没干。

出了咖啡馆，妈妈笑嘻嘻地问：“刚刚藏起来什么了，是不是男孩子给你写的信呀！”

看着妈妈打趣的笑，千羽的脸羞得通红，假装生气地说：“妈，你真的好讨厌啊！”

说着，她小心地把杂志放到背包里，岔开了话题。

“妈，你今天的发型不错，显得年轻多了！”

“真的吗？呵呵呵……”

看到妈妈的注意力转移了，千羽才松了一口气。

回到家后，千羽随手把背包往沙发上一放，就进自己的房间里写作业去了。但是她的心却不在作业上，总是走神。

距离报名的截止时间还有三天，到底要不要告诉荼蘼呢？

她写了几道题，发现总是写错字，便气恼地出去准备倒一杯水喝。可是她走到客厅时却发现那本杂志在茶几上放着。她紧张极了，慌忙翻了一下，里面只剩那张报名表，装着照片的信封不见了！

怎么会这样！千羽的手都颤抖了。

她又从头到尾翻了一遍杂志，还是没有！

“妈！”她气恼地喊道，“妈，你翻我的东西了吗？”

妈妈从外面走了进来，有些奇怪地看着千羽：“翻了你什么东西？”

“这里面有个信封，你看到了吗？”千羽抖着那本杂志，希望能够将它抖出来。

“哦，那个啊，刚刚我整理沙发，那个信封掉了出来，我就帮你贴好邮票，放在门口的邮筒里了，再过几个小时邮递员就会取走啦——放心吧，我没偷看里面的内容！”妈妈笑吟吟地说。

千羽的手一松，杂志掉到了地上。

五

报名已经截止了，千羽没有再报名。

放学的路上，荼蘼不停地讲着她工作时的奇闻趣事，像朗诵一样手舞足蹈，绘声绘色。可是千羽没有心思听，她的脑袋里像有一团乱麻，怎么也捋不顺。

妈妈错把荼蘼的照片寄出去了！

千羽有些痛苦地想。

突然，荼蘼大着嗓门儿喊道：“千羽！你到家了！”

千羽回过神来，才恍恍惚惚看到了自家的单元楼，没错，是到家了。

“千羽，你是不是有心事？最近总是感觉你魂不守舍的！”荼蘼关切地拍了拍千羽的肩膀，“发生了什么？告诉我好吗？”

千羽苦笑着摇了摇头，心想：我怎么能够告诉你呢?

她有气无力地说：“我回去了，明天见。”

说完，她头也不回地上了楼。

千羽知道，荼蘼肯定是目送她上了楼后才回自己家的，十几年来一直如此。这么一想，千羽心中又涌起一阵感动，真的是亲如手足的姐妹呀!

“妈，我回来了！”千羽打开门，轻声说。

可奇怪的是，妈妈微笑着站在客厅里，并不回答千羽的话。等千羽走近了，她才像变魔术一般从身后拿出一个牛皮纸的大信封，在千羽面前晃了晃，大声说：“闺女，看，这是什么！”

千羽浑身的鸡皮疙瘩都起来了。

是杂志社的信封！！

她慌忙从妈妈手里夺下信封，三下五除二地撕开，里面是两本杂志和一张柏杨的海报，外加一张大红色的邀请函：

不知名的小姑娘，虽然你没留下姓名，但是你的照片却打动了我们编辑部的所有评审。现在特邀请你来杂志社面试。以下是我们的联系电话和面试地点……

千羽的手不禁有些发抖。

荼蘼的照片居然入选了！我要代替她去吗？去还是不去？去了会不会露馅儿？不去的话就见不到柏杨了……

去还是不去……

六

晚饭很丰盛，妈妈做了一大桌好吃的，还特意打电话告诉爸爸，让他在下班的路上给千羽买一个蛋糕回来。

蛋糕带回来了，是千羽最爱的慕斯冰激凌蛋糕。爸爸和妈妈都在厨房忙碌，议论着女儿可能会去做模特儿的事情。两人都高兴极了，千羽看得出来，他们俩都发自内心地为女儿感到骄傲。

可是……千羽呆呆地盯着桌子上精致的蛋糕，内疚却如同蚂蚁般噬咬着她的心脏，此时的她痛苦极了。

这时，电话铃响了，吓了千羽一跳。难道是杂志社打来的？这是她的第一反应。可是她很快反应过来了：不可能，杂志社怎么能知道我家的电话号码？

妈妈抢先去接听电话，她刚“喂”了一声，就把电话递给了千羽。

“找你的，”妈妈说，“是荼蘼。”

荼蘼！

她是此刻千羽最不想面对的人。

可是当着爸妈的面，千羽不敢表现出来，就接过电话，若无其事地问：“荼蘼吗？”

出乎意料的是，荼蘼的声音激动极了，虽然她每时每刻都咋咋呼呼的，可是今天听得出来，此刻的荼蘼十分激动。

“千羽！”

千羽的呼吸变得紧张起来，难道荼蘼知道了通过面试的人的名单了吗？不，不对，杂志社的邀请函上并没有写千羽或者荼蘼的名字，因为千羽寄过去的信里没有任何个人的信息，即使新一期的时尚杂志刊登了面试名单，荼蘼也不会发现的。

“千羽！你等着，我要过去一趟！”

说完，电话立刻被挂断了，只剩下短暂的忙音。

“什么事？”爸爸见到千羽的表情紧张，冷汗如雨，细心地问，“你们俩吵架了？”

千羽轻轻摇了摇头，迈着几乎失去了知觉的双腿，紧张地坐回餐桌前，满脑子都是荼蘼兴奋的声音。

荼蘼家距离千羽家不太远，大概过了八九分钟后，千羽家的门铃就响了。

千羽发现自己浑身肌肉僵硬，没法站起来去开门。

妈妈去开了门。

门一打开，荼蘼没换鞋就冲了进来，用力啪地把杂志拍到千羽面前的桌子上，激动得连话也说不囫囵了：“千羽……快……快……给你个惊喜……翻到二十五页……”

这是新一期的时尚杂志。因为心里乱糟糟的，虽然杂志社给她也寄来了新一期的杂志，她却没有心情去看，所以第二十五页有什么，千羽完全不知道。

她的手颤抖着翻到第二十五页，上面是几行字，写着十几个人的名字。

是可以参加面试的人的名单。

千羽以为自己的眼睛出了问题。

当她使劲儿眨了几下，确认自己没眼花也没出现幻觉后，就失声叫了起来：“这怎么可能！”

只见第三排第五个人的名字是“千羽”！

七

“就是你借走的那期杂志里的告示……我在快餐店里听到有女孩在议论这个，觉得特别适合你，于是我没跟你商量，就找了张你的照片按照他们的要求寄了过去，就是咱们春游时在河边拍的那张照片。寄过去的时候我就知道你肯定能入选，结果今天真的收到了他们的邀请函！你不是最喜欢柏杨了吗？怎么样！开心吧！这个算不算提前到了的生日礼物……”

荼蘼坐在千羽身边兴奋地说着，却突然发现千羽的手紧紧攥着那张邀请函，呜呜地哭了。

“千羽……你怎么了……”荼蘼束手无措起来，“是不是你不想去啊？对不起，没经过你的允许，是我不好，你不要哭……”

“荼蘼……”千羽的心里难受极了，她不知道该从何说起才好：自己阴差阳错地寄过去荼蘼的照片，还在责怪妈妈的多事，拿到邀请函后甚至还想顶替荼蘼去参加面试——自己的想法是多么见不得阳光啊！

难道我就那么想要见到柏杨吗？难道这样就可以利用朋友吗？我这是在干什么啊！

千羽猛地推开桌子，站了起来，拿出藏在卧室里的邀请函和那张没填的报名表。她决定了，要把一切从头到尾跟荼蘼讲清楚：因为自己不自信，所以用了荼蘼的照片，甚至还藏有私心，想借着荼蘼的光近距离接触柏杨。千羽不怕荼蘼知道后跟她绝交，因为如果真的不说的话，千羽会懊悔一辈子的！

千羽重新坐到荼蘼的对面，并给了她一杯热牛奶，然后把所有的东西都摆在荼蘼的面前。望着爸爸妈妈以及荼蘼大惑不解的眼神，千羽真诚地说：“今天，我要向你们讲出事情的真相，我不怕你们笑话，因为我觉得你们都是我的亲人……”

尾声

已经进入了盛夏，各色鲜花纷纷凋零，唯有荼蘼花开得正好。

芬草地上，千羽与荼蘼席地而坐，背靠着一棵古老的榕树，一边喝着凉凉的奶昔，一边共同翻阅最新的时尚杂志。翻到中间页时，柏杨和一个女孩子打着伞的合影出现了，这是一款品牌雨伞的广告。女孩子的笑容甜美，看上去清纯、美丽。然而她不是千羽，也不是荼蘼。

“这个女孩子看着不错啊……”千羽轻轻感叹，“跟柏杨好搭！”

“什么嘛！”荼蘼很不以为然地说，“我就是没去面试嘛！如果我去了，拍的广告肯定比她强！”

千羽扑哧一声笑了：“就是，如果我去面试了，肯定也比她强！”

“好大口气啊，我在这里都敢这么说，狂妄！”荼蘼大声在千羽耳边吼了一声。千羽也不甘示弱，像只小豹子一样跟着大吼起来。

一阵风吹过，扬起两个少女的发丝，她们年轻光洁的面庞上洋溢着幸福的光芒。

是呀，有些东西或许曾经疯狂地想要得到，可是最后才发现，原来就是因为有那么一段距离，才会那么美好，千羽满足地想。

幸亏两人都没有去面试，真的见到了柏杨，没准儿会发现——

啊！这个男孩真的跟我们差不多！

如果真是那样的话，又有什么意思呢？

假小子，向前冲

一

唐淑娴最近十分苦恼，大概是从过了十五岁生日以后开始的。

若是只看名字的话，你大概会觉得唐淑娴既文静又漂亮，可事实正相反，据她的闺蜜瑶瑶说，大家私下里都管她叫“真汉子”。她开始越来越别扭，也越来越难过：同样是十四岁的女孩子，为什么她那么“爷们儿”呢？

这其实是有源可循的。

在唐淑娴读小学的时候，爸爸工作非常忙，每次家长会都是妈妈来。妈妈沉默寡言，签完了到就坐到最后一排，谦恭地听老师讲话。

后来老师就找到唐淑娴，问她：“唐淑娴，你妈妈工作很忙吗？”

“不忙呀。”唐淑娴回答。

“那为什么每次家长会都是你爸来呢？”老师奇怪地问。

唐淑娴哑口无言，半晌，才喃喃地说：“那个……那个其实就是我妈妈……”

不怪老师，唐淑娴的妈妈是退役的篮球运动员，身高一米七九，齐耳短发。只有仔细端详，才能发现原来这是一位女士，再仔细端详，会发现其实唐淑娴的妈妈还是很秀气的，如果化化妆，再注意一下穿着，肯定是位“时尚辣妈”。可唐淑娴的妈妈却是时尚绝缘体。

有了这样的家族遗传，就不奇怪同学们喊唐淑娴“真汉子”了。自从进了学校，只要是按照身高排座位，她一定是坐在最后一排，只要是上体育课，她一定是第一排第一个。对此，瑶瑶无比同情，时常问她：“淑娴，高空的氧气充足吗？”

由于身高的原因，她五岁就被体育老师看中，进了学校的篮球队。最初，唐淑娴还觉得有趣，并且得过不少奖，市里的、省里的，甚至国际的。因为篮球打得好，作为特长生，她直接被保送进了省重点中学。

篮球带给了她不少荣誉，当她走在校园里时，经常可以听到背后有人议论她。

“看，那个就是唐淑娴。”

“听说她能跟某著名足球运动员过招，好厉害！”

“真高啊……”

可唐淑娴厌烦死这些议论了——怎么，难道她身上就没有别的可以议论的东西吗？比如她的眼睫毛很长。

她的眼睫毛确实很长，而且浓密，夏天的时候，瑶瑶总是打趣地说：“淑娴，太热了，来眨巴眨巴眼，给我扇扇风。”

后来她终于想明白了：难怪大家不议论她的眼睫毛，她那么高，谁看得到呢？

刚放学，大家都簇拥着往学校门口走。她喜欢挤在高中部的人群里，这样显得她一点儿也不鹤立鸡群，反而变成了中等偏上的身高，如果再碰到高中部的那些男生，身高一米七六的唐淑娴就会变得异常小鸟依人。

她抱着书包，正跟着人群缓慢地挪动，突然，她的肩膀上挨了一记重拍：“小伙子！你的书掉了！”

二

“小伙子？！我是妹子啊！妹子啊！”唐淑娴愤怒地大吼着，条件反射地扭头、回身，十分利落地一把抓住了对方的衣襟。

“啊……”那人被紧绷的衣领勒得一阵惨叫。

唐淑娴用另一只手气势汹汹地抓住他的头发，把脸对准这个不知天高地厚的小子：“你给我看清……”

唐淑娴的声音低了下来，她傻了，呆呆地看着面前痛得龇牙咧嘴的男孩子，因为——他实在太帅了呀！

男孩子比唐淑娴高出一个头，一双上挑的丹凤眼，浓浓的眉毛，像极了一位少年明星，但是他的五官要更加俊朗。由于唐淑娴扯着他，他不敢抬脸，只好认输：“好好，你是妹子，实在对不起，我眼神不大好……”

唐淑娴松开了手，依旧一句话也说不出来。男孩子以为她不说话是因为还在生气，连连道歉：“小妹妹对不起哦，只看你的背影，实在是容易误会呀，哈哈……”

唐淑娴本来很生气的，不过见男孩如此帅气，怒气早跑到九霄云外去了，可是她又不想就这么说一声“没关系”，然后就各走各路。她本想好好跟他说话的，可是羞怯占了上风——她很少与这类男孩子说话，另外，他们也不大会主动找她，瑶瑶才是他们平常搭讪的对象。唐淑娴想起瑶瑶在这种场合下都是礼貌地回应他们，显得十分矜持，她也想学着瑶瑶的样子，温柔地与他聊天，可一张嘴，就不由自主地掐着腰，凶悍地说：“你要对你说过的话负责任！”

这么一来，周围的人纷纷看了过来。唐淑娴的脸马上红了，这叫什么话嘛，被人听到误会可大了。

“我……我要怎么负责任嘛……你还动手了呢……”男孩眨了眨眼睛，十分委屈地抱怨着。

他们俩被人群挤到报栏下面，站都站不直，只能半蹲着。

“我冤枉死了……这样吧，你告诉我你的班级和姓名，我买份礼物给你赔礼道歉吧。”

“啊？”唐淑娴立刻蔫了，她从没有收到过来自男生的礼物，即使是赔礼道歉的礼物，“我……我……”

“咦？怎么？是你让我负责任的呀！对了，你叫什么名字呀？”男孩子奇怪地看着结结巴巴的唐淑娴，“哦，对了，还没有自我介绍，我叫尤铭，30 班，读高二。”

“我……”唐淑娴本来想告诉他自己叫什么，可是话到嘴边又咽了回去：他一听唐淑娴三个字，肯定就知道她是初中部篮球队里的那个“傻大个儿”，因为在他们头顶的报栏上就贴着一张大号的喜报——“热烈祝贺初二（6）班唐淑娴同学在全国青少年篮球比赛中获得优秀运动员称号”。

唐淑娴不想让任何人知道她会打篮球——打篮球似乎本来应该是男孩子的运动，她却极其擅长，并且因为打篮球长得那么高、那么壮，太奇怪了。

她想了半天，支支吾吾地说：“我在初二(6)班，我叫瑶瑶……”

尤铭高高地挑起了眉毛，十分惊讶地问：“初二（6）班？你是说，你跟‘女金刚’一个班？”

唐淑娴感觉自己的头立刻爆炸了——什么？！“女金刚”！！这个是她的新外号吗？！唐淑娴一阵眩晕。

可是表面上，她还得装得像在说别人，只好呵呵地笑开了：“哪个‘女金刚’，是唐淑娴吗？”

“对的呀，她篮球打得超好，我们班很多男生都想跟她打一场球，就是碍于不认识，还有她是女生，并且年龄比我们小，一群男孩跟她打球，像是欺负她似的。”

“哦，这样啊，我其实可以帮你们说说的……”话说出口，唐淑娴就想咬掉自己的舌头！这说的是什么话啊，难道她自己再驳倒自己，立刻从瑶瑶变成唐淑娴吗？

“真的吗？那太好了，我一定把赔礼道歉的礼物给你送去！初二（6）班瑶瑶是吗？好，等着我哈！”尤铭激动地站直了身子，“砰”一声撞到了头，他“哎呀”一声，不过很快又笑了，“太好了，认识你真的太好了，瑶瑶。”

说完，他绕了一个大圈，找到人群的缺口，汇入了浩浩荡荡的放学队伍。

“好帅啊，连背影都那么帅……”唐淑娴愣愣地看着尤铭渐渐远去的背影，可是继而又沉下了脸。

如果我是瑶瑶，那唐淑娴怎么办？如果他真的来班里找我，那可怎么办才好？

三

“什么？？？”瑶瑶一改往日淑女的样子，在班里大吼道。

果然，她知道这个消息后十分震惊。

“对不起……”唐淑娴小声地道歉，“我也不想的嘛……谁让我那么臭名远扬……”这么一想，唐淑娴既伤心又高兴，伤心的是尤铭管她叫“女金刚”，高兴的是尤铭这么一个帅哥居然知道她唐淑娴的大名。

瑶瑶见唐淑娴情绪低落，便放低了声音，把手轻轻放在唐淑娴的肩膀上说：“淑娴，等他们来了，你解释一下，就说你的小名叫瑶瑶……”

“不！”唐淑娴坚定地摇了摇头，“那样显得我太不真诚了，不好。而且……”

“而且什么？”瑶瑶见她说着说着走神了，用手在她眼前摆了摆，“喂！”

“而且我想让他对唐淑娴有个好印象，觉得唐淑娴不是‘女金刚’！”唐淑娴热切地注视着瑶瑶，她正瞪大眼睛看着自己。

瑶瑶长得不算惊艳，她不是美丽型的女孩，可是她好看，好看显得人很亲切，而美丽则给人距离感。瑶瑶有着女孩的完美身高，一米六八，这是唐淑娴羡慕不已的——她受够了“万人瞩目”的生活，反而向往平平淡淡的日子。瑶瑶栗色的柔顺的直发扫着肩膀，眉眼很像桂纶镁，加上白净的皮肤，走在路上，回头率相当高。瑶瑶最动人之处还是她的气质，清高而不冷漠，温柔而不平庸。她喜欢穿长裙，衬着芊芊细腰，像是从古风插画里走出的美人。

瑶瑶察觉到唐淑娴过于专注并且目的性明确的目光，有些不确定地问：“不是要我假装你吧？”

“瑶瑶，你真是冰雪聪明！”唐淑娴满意地拍了拍瑶瑶的肩膀，一把将她拍到了椅子上，“知我者莫若你啊！”

“这也太扯了，我才不假装你呢！如果像你说的，尤铭他们非要打篮球怎么办？要我上场吗？我可是连三步上篮都不会的呀，更别提直接打比赛了！”瑶瑶无奈地一摊手，“那样岂不是砸了你唐淑娴的牌子吗？”

“他们不会的，如果你拒绝的话，”唐淑娴双手拉着瑶瑶的胳膊，恳求道，“好吗？好吗？求求你了！”

“好吧，我暂且答应你了，但是出了意外情况我可不管！”瑶瑶瞪大眼睛警告唐淑娴。

“一切后果我来承担！”唐淑娴乐得合不拢嘴，一手举着向天发誓。

四

尤铭是个守信的人，果然，一个星期后，他就抱着一个礼盒，庄严地站在了她们班门口。

他一眼就看到了唐淑娴，因为她实在太显眼了，即使坐在最后一排的角落里。

“瑶瑶！瑶瑶！”尤铭在门口喊道。他身后站了四五个高高大大的男孩子，看样子是他的朋友，慕名来拜访唐淑娴的，他们几个虽然都比尤铭高，但五官都没他灵动。

瑶瑶正在窗边读一本小说，听到了声音，她条件反射地刚想答应，但一看是几个高年级的男孩，她立刻明白了，转头看向唐淑娴。

“我来了，”唐淑娴尴尬地躲开众人的目光，把他们带到没人的走廊里，接过了尤铭手中的礼盒，“谢谢你。”

“喂喂！”尤铭好奇地踮着脚往教室里张望，“哪个是唐淑娴，能把她叫出来吗？我们想跟她聊聊天。”

“你们想聊什么？”唐淑娴警惕地看着男孩们，怕一会儿漏了馅儿，“你们在外面看看不就好了，还聊什么？咱们年龄相差那么多，有代沟哦！”

“主要是我们很佩服她，”尤铭身后的一个男生憨厚地笑了，说，“我们想跟她切磋一下，拜托你把她喊出来。”

“好吧……”唐淑娴无奈地站在门口，冲瑶瑶招了招手。

瑶瑶稳了稳情绪，迈着十分轻盈的步子出来了。男孩们看到瑶瑶，眼前一亮，尤其是尤铭，他露出难以置信的表情，用胳膊肘捅了唐淑娴一下：“没搞错吧？这是‘女金刚’？”

“漂亮吧？”唐淑娴嘴上虽然得意，心里却十分酸楚——如果她也能让男孩子们这么关注该多好！

瑶瑶一出来，立刻被男孩子们围了起来，她在他们中间显得小鸟依人。

唐淑娴落寞地看着男孩子们，尤其是尤铭，他正十分好奇地问瑶瑶有关比赛的事情。她难过极了。唉，唐淑娴是只大鸟，要怎么去依人呢?

唐淑娴默默地回了班，坐在自己的位子上看着瑶瑶与他们谈笑风生。瑶瑶的口才十分了得，这一点让唐淑娴羡慕不已，而更令她羡慕的，还是瑶瑶吸引人的外表。

如果我是她该有多好啊……唐淑娴轻轻地闭上了眼睛。

五

“什么？？”这次换唐淑娴在班里咆哮了，她情不自禁地站了起来，大声喊道，“你答应跟他们打球了？开什么国际玩笑！”

“没办法啦，”瑶瑶一耸肩膀，“谁让你的‘粉丝’们太热情了呢？我只好答应了。”

“可是你连……”

“是呀，我是什么都不会。”瑶瑶无奈地说。

“那你一上场就会露馅儿的呀！”唐淑娴大喊大叫，又蹦又跳。

“但是可以有别的办法嘛，你听我说……”瑶瑶也站起来，把唐淑娴按回座位上，但显然后者不愿意合作。

“你不会打篮球，一上场就会露馅儿的，这样大家就会知道唐淑娴不是个‘女金刚’，而是个绣花枕头，而且枕头里面都是草！”唐淑娴懊恼地说。

“我跟你说了呀，我有办法，”瑶瑶笑眯眯地看着唐淑娴，摸了摸她比平头长不了多少的头发，“你愿意听听吗？”

唐淑娴斜着眼睛看着瑶瑶的这副表情——她太熟悉这种“鬼马脸”了，虽然笑得甜美，可是却藏着一肚子的鬼主意。

“我觉得吧，咱俩一起玩的时间长了，其实是有些相像的。”瑶瑶一本正经地说。

“胡扯，”唐淑娴嗤之以鼻，“你跟我天差地别，我就是一个‘女金刚’。”

瑶瑶竖起食指，在她面前轻轻晃了晃：“错错错，我可是会魔法的哟！”

“得了吧，我才不相信！尤铭肯定对我的印象差极了，我看我还是跟他坦白吧。”唐淑娴嘟嘟哝哝，她不敢想象尤铭以后会用什么样的眼光看她。

“给我一个机会，好吗？”瑶瑶终于把唐淑娴拉回椅子上，让不安分的她坐好，然后专注地看着她的眼睛，“其实你只需要改变一下自己的心态，没准儿就真的可以变成我。”

六

一米六八跟一米七六差距有多大，唐淑娴这会儿实在说不清楚，因为她正为头上的那顶假发而别扭，它是按照瑶瑶的发型买的，花了唐淑娴半个月零花钱。瑶瑶为了打扮唐淑娴的确花了很长时间，也不得不承认，这些努力确实有些效果：经过敷面膜和做全身水疗，唐淑娴看上去似乎白了一点点。她的脸上涂了点儿防晒隔离霜，甚至还涂了点儿睫毛膏，这样一来，她的睫毛优势发挥到最佳。唐淑娴觉得镜子中的自己立刻变得柔美起来。如果不是心理作用，她甚至觉得自己比瑶瑶还要漂亮，尤其是那双黑漆漆的大眼睛，在长睫毛的衬托下显得十分迷人。

可是这样的她能骗到谁呢？傻子都能看出来她与瑶瑶实在不像。

她抱着篮球出现在篮球馆时，不仅见到了尤铭他们，观众席居然还满满的！

这可不是事先说好的。她有些不知所措。

尤铭看到她后，的确惊讶了一下，可立刻笑了，亲切地跟她打招呼："你好，唐淑娴。"

看来蒙混过关了。唐淑娴一阵窃喜。

"我们一队吧。"尤铭低声对唐淑娴说。

唐淑娴头一次跟他靠那么近，不禁脸红了。

裁判站在场地中间，两队球员聚集在裁判身边，准备抢球，而唐淑娴此刻压低了身子，正准备跳跃起来抢第一个球。这时候她的身高优势就显现出来了。

球飞到空中后，她一个鱼跃，灵活地在空中转了一圈，抢到了第一个球。场上一片欢呼。她落地后，运球往对方场地跑去。

"回防！"对方队长大喊。他们很快各就各位，前锋挡住了唐淑娴的去路。

唐淑娴过了两次人，没过去，便做了个假动作，小鹿一般一个向后转身，紧接着三步上篮——球进了！

欢呼声点燃了唐淑娴身体里的火苗，但她没顾得上高兴，因为现在球在对方手里，她要尽快跑到自己篮下防守。尤铭也很厉害，他与唐淑娴并肩作战，很快，球又回到队友的手里。

很快，2 ：0，然后是4 ：2……唐淑娴热极了，头上像戴了顶帽子。

比赛即将结束，不知谁带头在喊“唐淑娴——向前冲——唐淑娴——向前冲——”很快，所有人都开始响应这一口号，喊声几乎要掀翻篮球馆的屋顶。

终于，裁判吹哨了，他们队以 25 ∶ 23 领先。队员们争先恐后涌上场来祝贺，唐淑娴被他们高高地抛起，再接住……唐淑娴的世界倾斜了，她看到了尤铭钦佩且温柔的笑容，也看到了人群中的瑶瑶，她正举着一个牌子，上面写着“唐淑娴，向前冲”。

唐淑娴激动极了，忍不住把头上的假发往空中一扔。

那顶假发一直飞到空中，落到观众席里。唐淑娴的短发在风中飘动着，她此刻感觉好极了。

“唐淑娴，我早就知道是你。”

不知什么时候，尤铭来到她的身边，对唐淑娴耳语。

唐淑娴惊呆了，她看着尤铭的眼睛，里面竟暗藏着一丝诡笑。

“第一次见你时，我就知道你是唐淑娴，因为之前在校报上看过你的专访。我也是盯了好久才等到这个机会去捡到你的书，跟你说上话，没想到，你竟然冒充别人！”尤铭坏笑着，用力一拍唐淑娴的肩膀。

“那瑶瑶……”

“瑶瑶跟我串通好了，整一整你这个傻瓜！”尤铭大笑。

“你！”

“你什么你？这样的‘女金刚’不是挺好的嘛，我就喜欢与真实的人做朋友！咱们胜利了，我请你吃好吃的吧！”尤铭爽朗地说。

一瞬间，唐淑娴真不知道是该哭还是该笑好了。

你是我的“OK绷”

小微记不清这是第几次看到他在操场上打篮球了，寂静的操场上只有单调的篮球撞击地面的声音。

砰——砰——砰——

每当小微偷偷地斜着眼时，看到的便是他的侧影。他穿着白色底子的带浅金色条纹的篮球服，由于距离太远，看不清楚脸，只知道他肤色非常白皙，在阳光下居然反射着浅浅的光。小微再看看自己，偏黄的肤色，还是较深的那款，简直像个“超级赛亚人”。

可能是自己缺什么，就会对拥有什么的人产生兴趣，因为她最好的朋友宋伊曼就是偏白的那种肤色。

“你知道吗？我从小都拿牛奶当水喝。”宋伊曼大大咧咧地告诉所有人，她说这话的时候瞪着眼睛，鼻翼一动一动的。她本就生着一张可信的脸——什么是可信的脸呢？剑眉星目，天庭饱满，再加上她说话时的态度认真，以至于听过的人都偷偷去尝试，每天牛奶不离嘴。不到一个星期便有人败下阵来，更有甚者出现了轻度脱水症状，险些入院。

“她们太傻了，为了美白连命都不要了……嘎嘎嘎……”事后，宋伊曼就会对着小微嘲笑那些人的幼稚，“都没有一点儿生活常识，人不喝水哪里行……”她的笑声十分有喜感。

虽然不认同她的恶作剧行为，可小微每次听到她嘎嘎地笑，就会心软地原谅她。

宋伊曼坐在她的前面，直挺着腰，物理课本竖着，遮住了脸，一手托腮，一手拿笔，猛地看上去，人人都觉得她一定是学习的楷模，只有小微知道，她其实在睡觉。

为了防止书自己倒了露馅儿，她甚至在眼皮上画了一双眼睛，这样即使书倒了，远在讲台上的老师也不会留意她的眼睛是真是假。宋伊曼真是个天才，由于多年画眼睛的经验，她造假的功力已经不可小觑。据她自己说，她曾经在肉色的纸上画了眼睛贴片，在放学后拿到校门口偷偷去卖。这些眼睛贴片的销售对象主要是学生，一百多双“眼睛”往往不到一小时就卖完了。

刚开始进行得不顺利，常有学生来退货。问问情况，原来这些学生都坐在前几排，贴上去实在太明显。

随着技术的提高，宋伊曼画的眼睛越来越像，即使贴着假眼睛坐在老师的鼻子底下，只要动作不太大，每隔一段时间动一动，老师们就不会察觉。

现在宋伊曼正戴着假眼睛佯装听课，小微则不住地走神。

因为是物理课。

她们俩都对物理课抱有恐惧心理。

首先，物理是理科吧，教理科的一般是男老师，可教她们班物理的却是个正处于更年期的女老师，还有个读高三的青春期的儿子……不需要再多说，已经够可怕的了。加上小微与宋伊曼物理成绩不好，考试的分数经常是一位数，上了两位数就算好的了，老师也因此很不待见她们俩。

“真是物以类聚，人以群分……”老师常在发卷子的时候故意把她们俩的试卷排在一起，然后大声念出分数，全班同学听了都会发笑。

“杨小微，六分。宋伊曼，负六分。”

小微至今也想不通宋伊曼那负六分是怎么考的——就算一道题也不写，不过是个零分，怎么还能得负分？可她每次要看看宋伊曼的负六分试卷时，宋伊曼却总遮着挡着，这时的她没了平常的调皮，而是憋红了脸，嘴角撇着，像是要哭。就算老师和同学嘲笑她，最好的朋友却一定不能，因为越是在乎的人，便越容易在意他或她的观点，若是连最信任的朋友也嘲笑自己，心里一定特别难过。

小微是个沉静内敛的女孩，不会强迫宋伊曼给她看卷子，如果是她不高兴让别人看到，也就不看了。所以小微一直都不知道宋伊曼那个负六分怎么得来的，有好奇的同学不敢问脾气乖戾的宋伊曼，便将“突破口”转向小微，想知道负六分的秘密。

“小微，你说说看，宋伊曼那家伙怎么做到的——我请你喝柠檬水——”

小微最爱喝酸酸甜甜的蜂蜜柠檬水，可是还是皱着眉头摇摇头：“我不知道呀。”

“搞什么，你是她最好的朋友了，她都没告诉你吗？”

“没有……”小微喃喃地回答。

“那算什么好朋友！这么点儿事都瞒着你……”来人满不在乎地走了，丢下了失落的小微。

好朋友是无话不谈的……小微歪着头想，那么，该告诉宋伊曼自己很喜欢看楼下那个男孩子打篮球吗?

几乎每个星期的物理课都排在上午最后一节，老师最爱拖堂，时常晚放学。

今天又拖堂了。

小微的肚子饿了，胃里泛酸，下课铃已经打过二十分钟了，老师还在眉飞色舞地讲评试卷。还剩最后两道大题了，她看看外面快要走光了的人们，迟疑地说：“要不下节课再接着讲吧……”

小微几乎要欢呼了，正打算收拾东西，这时，教室里却响起了反对的声音。

想必每个班里都有这么几位“科学狂人”，理科成绩好得不像话，每次考试要么满分，要么近乎满分，而老师出于爱才之心，干脆仍旧给了满分。其实需要一两分的不是他们，一百分与九十九分的差距并不大，真正渴求那点儿分数的是小微和宋伊曼她们呀，多一分的喜悦程度简直跟多五十分似的。小微承认，自己也就这么点儿出息。

“不行——老师讲下去嘛——”带头的人都有点儿撒娇的意思了。

老师听罢十分兴奋。一向如此，高山流水遇知音乃人生一大乐事嘛。

“既然同学们这么强烈地要求讲完，那我就勉为其难，讲完吧。”说完，她喜不自胜地摊开刚收起的教案，继续讲评试卷。

“搞什么！又是齐鸣！”不知什么时候，宋伊曼醒了，转身跟小微抱怨，“这家伙那么喜欢听课，干脆给我们放学，留他自己在这里听好了。”

“没关系啊，让她讲。”小微淡淡地说，目光又悄悄溜向楼下的篮球场。他还在。

小微抿着嘴。有他在楼下，物理课也没有那么难熬吧……

“完蛋了！”宋伊曼不由得小声呵斥，“杨小微你堕落了！从什么时候起你喜欢听她讲课了……”

“不是啊……”小微红着脸解释。

“从今以后我就孤家寡人了，你真不够意思，”宋伊曼苦恼地从桌子上拿过物理课本，随便翻开一页，便痛苦地呻吟道，“这都是什么玩意？并联线路、串联线路……我又不想当修灯泡的工人，学这些电路干什么！”

“那你将来要干什么啊？”小微茫然地看着宋伊曼。她从没考虑过将来自己要干些什么，一直都是学校上课她就听课，老师布置作业她就回家写，虽然成绩不好，可倒也听话。

“当画家，”宋伊曼一本正经地对小微说，“我还蛮有天赋的，没人教，我就自己学会画眼睛了。前天我爸的一个朋友来家玩，兴致大发，非要看我的课本，说要怀念一下初中岁月。我真不想让他看，书里一个字都没写，全是无聊时画的乱七八糟的玩意儿……我心想，坏了，等他走了我爸一定打我，不能给他看啊……”

“杨小微，宋伊曼，你们俩在干什么！”一个突如其来的严厉声音吓得小微浑身一哆嗦，原来是老师发现她们俩在说话，“又在说闲话！又是你们俩！考了多少分，还好意思说话？就你们这分数，能考上重点高中吗？考不上高中，给你们班级拖后腿……”

“班级又不是狗，分什么前腿后腿……”宋伊曼低着头，听着她的训斥，还不忘小声回嘴。

小微连同坐在她周围的同学忍不住都笑了。

“你笑什么？”老师气更大了，几步走下讲台，走到小微桌子前，用食指敲敲她的桌面，“大家放学回家吧，杨小微你留下。”

一时间，班里安静极了。

大家收拾书包后有序地离开，谁也没有喧哗。

宋伊曼可怜巴巴地拢好书，站起来，想一想，又纠结地坐下了，一动不动。

“宋伊曼，又没有让你留下，为什么不走？”老师见别人都走了，宋伊曼却呆坐着不动，问道。

“是我不对，在下面接您的话茬了，她才笑的……”宋伊曼别别扭扭地跟老师承认错误。

“你倒是挺讲义气，”老师冷冰冰地说，“你看看你们俩，这方面倒是讲究一致，怎么不跟别人学学，把成绩搞上去呢？嗯？”

“妈，怎么还不走？这都几点了！”一个大男孩抱着篮球在教室门口不耐烦地喊，没完全发育成熟的声音还有些少年的稚气。

“这不还有两个学生……”老师回身解释，有些讨好地笑着，慌忙去讲台拿东西，边走边说，“你们俩回家去吧，好好反思反思。”

“真是的，我说我先回去，你偏不让，我都这么大的人了，有什么不放心的……”男孩穿着白色底子带浅金色条纹的篮球服。小微大着胆子看着他，头一次看清了他长什么样。

两道上挑的黑眉毛，瞳仁有些泛棕，与发色相映生辉，轮廓鲜明，尤其是侧面，直挺的鼻梁衬得他器宇轩昂。就整张脸来说，嘴略显得小些，使他看上去有些“小白脸”的嫌疑，但是不惹人厌，反而有些女孩子般的秀气，看上去十分有亲和力。

“我允许你去操场打篮球了，还不够吗？”老师有些生气了，儿子在学生面前不给自己面子，让她很不满，“这已经是我最大的让步了，你都高三了，小心我以后球都不让你打！”

“凭什么！我平时的名次也没下降过……”大男孩把球往地上重重一扔，气势汹汹地说，“你总管东管西，控制欲这么强，怪不得学生都不喜欢你。”

“你别太过分！”老师生气了，手中的书往桌子上一甩。

“我们都很喜欢老师讲的课，”宋伊曼突然说话了，“小帅哥，你赶紧跟老师回家吧，不然我们俩要饿死在教室里了。”

男孩的目光投向小微这边。小微赶紧低下了头，却敏锐地感觉到男孩看着宋伊曼笑嘻嘻地问：“你叫我什么？”

“小帅哥。”宋伊曼清脆地重复了一遍。

“我放你们俩走，回去吧。下回我妈再让你们俩留下，尽管走就是，”大男孩向老师挑衅道，“她这么做是不对的。”

“我用不着你指手画脚……”老师掐着腰，不依不饶地与男孩争执。

宋伊曼与小微手牵手往教室外走，走过教室门口时，男孩闪了闪身子，让她们俩过去。小微与男孩擦肩而过的时候，嗅到了他身上淡淡的清香味，可能是他用的沐浴液的味道，也有可能是球衣上残留的洗衣液味儿。小微个子那么小，头只到男孩的胸口。她悄悄仰起脸看了看，他皮肤白得简直能看得到表皮下那一根一根细细的血管。男孩没有注意到小微的目光，他与他的母亲对峙着，倔强地坚持自己的意见。

直到走出学校老远，小微还没有缓过神来。身边的宋伊曼恢复了往常的活泼，大说大笑的，可小微一点儿都没听进去，她一直在回味见到男孩本人后的感受，原来心跳真的会跟平常不一样。

她看着地上自己的影子，又瘦又小，胸部平平的，头发毛蓬蓬的，随意扎了一个马尾辫，过大的校服下摆超过腰部，都要坠到膝盖上去了，肥肥的裤腿一点儿都看不出腿型，而且裤脚在鞋底下踩着，邋遢的样子一点儿也不可爱。

小微又偷偷瞄了一眼身边的宋伊曼，她个子比自己高出一头，同样的校服穿在她的身上却一点儿也不显得邋遢。而且虽然她们俩才十四岁，宋伊曼的体形却已经很好看了，少女应有的美好曲线在她身上展现得很好，犹如刚吐蕊的花朵，半开着。更重要的是，宋伊曼的皮肤非常白皙。俗话说“一白遮百丑”，她的五官虽没那么精致，可配上洁白的肤色，一眼看上去，宋伊曼确实比她杨小微要漂亮。尽管小微承认得不情不愿。

小微有些自卑地看着脚尖，一前一后地交替移动着。宋伊曼还在自顾自地说话。她怎么这么多话？小微头一次感到她的这个朋友话多得让人有些心烦。是因为刚刚宋伊曼抢着跟男孩说话了吗？不，她没有抢，是男孩从站到教室门口的时候眼睛就开始望向宋伊曼了吧！小微心酸地回忆一下，确实，男孩只淡淡地瞟了小微一眼，很稀松平常的一眼，接着就跟宋伊曼说话了，还很高兴听到“小帅哥”这种庸俗的称呼。是的，很庸俗。小微有些不高兴地想。

为什么男孩不跟我说话？他每次打球我都看着，每一个动作我都特别熟悉，尤其他的衣服，简直能说出尺码来……

小微想着，抬头看看宋伊曼，突然觉得她有些讨厌：都是她主动跟男孩说话的，在班里也是这样，女生中跟男同学玩得好的也就她自己，下了课经常与他们大说大笑的。她泼辣的性子不受女生喜欢，所以在班里也就杨小微一个女生朋友而已。小微的心里有些平衡了——我的女生朋友比她的多。不管怎么样，这也是一点儿安慰。

“所以，我打算这周末就去报美术班学画画，”宋伊曼兴致勃勃地计划着，“你家到了，小微。今天你怎么了，一直不说话？”

“啊？到家了……”小微略略一愣，看看前方，果然，她们家所在的小区到了，“那我回家了……”

“那我也回家了，下午见。”宋伊曼笑呵呵地摆手说再见，拉拉书包带子，活泼地哼着曲子，大步流星地往她家方向去了。她一直都这么风风火火的。

小微目送她走远了，才无精打采地回到家。

这是一个崭新的Hello Kitty日记本，粉色的外皮，正方形的，还有个小小的密码锁。小微一直都把密码设置成自己的生日，可今天不一样了，今天是五月二十号，第一次跟男孩见面的日子。小微抿抿嘴笑了，把密码设置成了“520”。

520。小微突然愣了，接着感到脸上有些发烧。她拿出一盒彩色油性笔，取出一支玫瑰红色的，郑重其事地在日记本的第一页写上了几个字——小微的日记本。

写完这六个字，小微咬着笔头发愣。

写些什么呢？

她翻开以前的日记，随便看了几页，上面全是流水账一样的文字：

“今天跟宋伊曼去精品屋买了一支夜里也能发亮的唇彩，说是晚上涂了嘴唇会发光，可是没什么效果……”

“今天下雨了，没出去。宋伊曼带着一盒彩纸来找我，我们一起折纸鹤，并且谈论着班里的同学谁跟谁要好，谁跟谁吵架了……”

“天气不错，宋伊曼……”

全是宋伊曼，整本日记都是宋伊曼！

小微有些懊恼地合上日记，看着崭新的白色纸张，用手背蹭了蹭，鼓起勇气写下了她生平第一篇有秘密的日记：

今天，我终于见到了他。

写下这一行字，小微用明黄色在周围画上了小小的心形图案，一个又一个围着这行字旋转。

她笑了，嘴边有两个小酒窝。

从这天起，小微开始认真听物理课了，原因很简单，物理老师是他的妈妈。

她坐得直直的，眼睛直勾勾地盯着黑板。老师一讲话，她就开始记笔记，生怕遗漏重点知识。每当老师看向同学以求回应，不管懂不懂，她都认真地点头，每点一下头，那力道都足以使她的心震颤一下。

我要给他妈妈留个好印象，当我的成绩跟齐鸣他们一样好的时候，老师回到家，在吃饭的时候，或者在逛街的时候，会不会跟他讲：“我们班里有个叫杨小微的女孩子……”如果真的能说起，小微觉得自己能够开心一辈子。

不久，小微干净如新的物理书上就记满了字。她又准备了一个厚厚的本子专门用来做物理题，每天认真地演算题目。

刚开始，宋伊曼不可思议地看着小微，以为她精神受了刺激：“不是吧，杨小微，就算我已经找到了人生目标，你也不用这么自暴自弃，快速将自己吊死在物理这棵树上啊！好歹找个自己感兴趣的，比如英语……再退一步，也可以找个有实用价值的，比如地理，以后旅游不迷路，知道哪儿的风景美……”

“你怎么知道我对物理没有兴趣！我最爱的科目就是物理！”小微一字一顿地强调。

“完了，”宋伊曼目瞪口呆地看着小微，“疯了……疯了……”

“你懂什么……”小微满不在乎地给了她一个白眼儿，手指紧紧地捏着书角，像是捏着她的性命，沉甸甸的。她不自信地看着砖头一样厚的习题本，打开一看，里面密密麻麻的，全是公式、数字……

我真的爱物理吗？小微悄悄问自己。

我爱。她狠狠地在抽屉里揉碎了一张试卷，上面只有六分。

“从今以后，我最爱的科目就是物理了。”她向所有人宣布。

人人都说杨小微像中了邪一样，参加各种物理补习班，每天把自己搞得非常疲惫，走到哪里都带着一本练习题或者活页试卷演算。

人人都猜测说杨小微想考重点高中想疯了，恶补理科。

人人都说杨小微跟宋伊曼好像疏远了。宋伊曼进美术班以后只知道画画，成绩一落千丈，不过也罢，艺术特长生可以加分。

人人都说杨小微变了，比以前更沉默寡言了，一下课就往办公室跑，逮着物理老师不放，缠着老师问问题。

谁都不知道小微在想什么。

她在想：六月份以来我都再没有见过他了。

小微底子不好，追赶大家十分吃力，她要付出一般人五倍甚至十倍的努力才勉强及格。

可能我真的很笨。

每次拿到批着分数的物理试卷，小微都很难过，小手捧着轻轻的一张纸，不住地颤抖。

看了看别人的分数，小微绝望地想：这样下去，老师能记得住我的努力吗？会在吃晚饭的时候不经意地提起我杨小微吗？

她再次把目光投向操场，阳光炽热，不知不觉进入了六月下旬，已经是夏天了。

“懂了吗？”老师温和地问。

“懂了，”小微怯怯地回答，“谢谢老师。”

“你呀，是个聪明的孩子，可还得再努力努力。你看这次考试，七十五分，比以前强了几十倍都有吧？”老师长长地舒了一口气说。

“嗯。”小微闷闷地说着，从办公桌上拿回自己的卷子，站在桌子旁边，将它卷成细细的一截。她想问为什么老师的儿子不来打篮球了，但嘴张了张，却没有发出声音。

“还有什么事吗？”老师好奇地问。

“没有了。”小微连忙摇摇头说道，并且转身开始往外走。身后的老师边喝水边看教案。她距离门口越来越近，越来越近，终于忍不住了，带着这几个月的煎熬以及夜晚的辗转反侧，鼓起勇气问道：“老师，您的儿子怎么不来学校打球了？”

“哦，他啊，”老师抬起头，平静地说，“高考了，今年要上大学的。”

小微走出学校的时候，校园里没有一个人，因为问老师问题而耽误了不少时间，大家都已经回家了。

今年我初二，也就是说，还要在这里待一年多，这段时间里我都不会再见到他……

小微脸色苍白地想着，只觉得胃里有些翻涌，便蹲下身来，缓了缓神儿。阳光劈头盖脸地倾泻下来，晒得她头晕目眩。

蹲了一会儿，感觉好点儿了，她又站起来，却意外地发现校门口的栅栏前站着孤零零的宋伊曼。她愣了愣，张开干裂的唇，勉强地笑了笑:“伊曼……”话音刚落,笑容已经坚持不住,眨眨眼,泪水流了下来，顿时几个月受的委屈一泻而下，决了堤一般肆意流淌起来。

宋伊曼挽住她的胳膊，关切地问：“小微，你怎么了？”

“伊曼，我特别想你。”小微终于忍不住，哇哇大哭起来。

“你怎么了？”宋伊曼的眼泪也要掉下来了，可是她平时很要强，忍住了，然后问了一句。

太阳炙烤着大地，皮肤热得发烫，周围的行人奇怪地看着这两个相拥而泣的少女——都放学这么久了，为什么还不回家?其中一个还一直拍着另外一个的头，带着哭腔说：“你真厉害，我佩服你，物理考了七十五分……比我强多了……以后你教我吧……我最爱的科目也是物理……”

“宋伊曼，那你告诉我，为什么有一次你的物理能考负六分？”小微抹抹眼泪问道。

“那天考试我一道题也不会，见你坐在我前面，我就在卷子的最后一道大题那里画了一个你的背影，那道大题六分。结果老师看到了很生气，就倒扣了六分……”

小微破涕为笑:“伊曼,我们去精品屋买夜光的唇彩好不好？”

“好。”

两个女孩手挽手，肩并肩，顶着大太阳，饿着肚子，商量着去哪家精品店买东西，脸上热得出汗，可认真的表情像是在告诉全世界——这是一件非常重要的事，因为我们俩是最好的朋友，所以它意义非凡。

苏珊娜

宋舒在人力三轮车上忍受着颠簸，前面还是望不到尽头的胡同，她胃里颠得泛酸，手脚因为长时间坐车而僵硬。她用胳膊夹着小背包，不敢动弹，怕把小背包掉到车下面去。前面还有三辆人力车和一辆运大型家具的货车。妈妈在前面和拉车的人大声谈论这里的风土人情，话语随风刮到宋舒脸上，宋舒不得不听着，晕车的感觉顿时又重了一层。

这条胡同两边是高矮不一的建筑，阳光很好，微微有些刺眼，部分路段在荫蔽当中。两侧的物体飞速地后退，宋舒伸伸胳膊，想缓解一下被挤压的酸痛。这时宋舒看到一个人，细高的个子，在荫蔽中行走，衣服上的兜帽遮着半截脸。他走得很缓慢，因为旁边建筑物的遮挡，他身上时而有阳光跳跃，时而被暗影包裹。当宋舒所乘坐的车路过他身边的时候，他毫无预兆地抬起脸，宋舒的一声惊叫憋在喉咙里，顿时，浑身的血液沸腾起来，冲撞着她脆弱的皮肤，一跳一跳的：这个人的脸被严重烧伤了，看不到嘴唇，只有满脸粉色的蚯蚓状的烂肉；一双澄绿色的眼睛，静得像一汪湖水。

宋舒在风中慌张地转过脸来。人力三轮车车夫察觉到了宋舒的恐惧，轻声说：“那是个苏格兰人，就住在前面，他是个好人。”接下来车夫絮絮叨叨地说了许多这里的奇闻趣事，然而，宋舒的脑袋浑浑噩噩的，她的眼前一直晃着苏格兰人的毁容的脸，以及阴影中一双安静如同婴孩的绿色眼睛，并不由自主地陷进忧伤。

出了胡同，能看到一片林地，林地上是三三两两的房子，古旧，但是很雅致，这是爸妈奋斗了大半辈子换来的居所。宋舒的新家周围全是香樟树，巨大的树冠将阳光撕成碎片洒下来。宋舒站着看爸妈把家具和行李一起往家里搬。新家一共两层，楼上已经住了人，那白色的窗台上有一株殷红的花儿在怒放，只有一株。宋舒记得这种花，名字叫虞美人，属罂粟科。印象中，大红的虞美人总是成片地燃烧着，但这儿只有孤零零的一株。宋舒正盯着看虞美人随风摇曳，白色的窗子突然被打开了，一个外国女孩探出上半身来看外面的动静，继而消失了，窗子还是开着的，屋里的蜜色花边窗帘飞了出来，一下一下地撩拨着虞美人红艳欲滴的花瓣。

接着那个女孩走了下来，帮妈妈抬梳妆台，她还回头冲宋舒一笑。她的肤色是一种冷色调的白，紧绷得如同绸缎，光洁的额头和乌黑的发际线形成了鲜明的对比，这使她看上去如同黑白钢琴键一般严谨规整，她的嘴唇单薄、小巧，还紧抿着，和宋舒平时所见的外国女孩不太一样。宋舒呆愣地看着这个优雅的异国女孩，今天两张迥异的脸在她的心里留下了深刻的印象。就像刚经历了长途跋涉，穿过沙漠的垂死的人见到村镇，洗漱完毕躺在床上沉睡一样，她感觉身心疲惫却又充满欢喜。

直到黄昏时分，宋舒一家才安顿下来。妈妈草草地在厨房炖了小鸡蘑菇汤，又吩咐新雇的当地小阿姨去买了不带果酱的大麦面包，准备招待楼上帮他们搬家的女孩。现在，女孩在宋舒对面坐着，脊梁挺得直直的，正在和爸爸用英语交谈。女孩是伦敦口音，不像美式英语那样油滑和平易近人，带着来自遥远地方的神秘感。爸爸的口语不纯正，但是由于说话速度太快，也听不出来他说得不纯正。女孩温和地微笑着纠正爸爸的发音。宋舒有些走神，她手里捻着一块面包皮，眼睛看向胡同口。这时，她再次看见了那个戴着兜帽的男人，他的手插在裤兜里，胳膊上挎着一个塑料袋子，正低着头走路。

宋舒一激灵，站了起来，桌子旁的人察觉到她的异样，都回头看去。男人向这边走来，夕阳橙红的光将他脸上的沟壑反射得更加清晰，妈妈不由得发出一声尖利的叫喊。这时候，女孩却欢天喜地地迎了上去，扑在男人身上，接过他胳膊上的东西。男人似乎在笑，那是一种无声的笑，笑得很开，嘴角几乎碰到耳根，暂且称这种狰狞的表情为“笑”吧。

宋舒挪开了眼睛。

原来这两张迥异的脸互相认识。

客厅是公共的，女孩与男人住在楼上。男人上午不在家，下午出去散步，买些东西。女孩不上学，就在家里看书，有时候拉提琴，不是完整的曲子，往往宋舒刚刚开始陶醉，曲子便中断了。

第二天，宋舒由小阿姨带着去新学校上课。宋舒对新的环境很排斥。她四岁起就因为爸爸的工作不停调动而搬家，往往一个地方还没有深入地了解便又离开，这使得宋舒小小年纪就脾气暴躁。小阿姨友好地挎着宋舒的胳膊，宋舒不耐烦地甩开——她不习惯和人有过于亲密的接触。大大的棕色牛仔书包斜挎着，色彩渲染张力极大的衣服松松垮垮的，嘴里嚼着口香糖，头上戴着大耳机，宋舒的自我感觉良好。只有 14 岁的宋舒气质和打扮看起来就像已经成年的女孩一样，然而若是仔细观察宋舒的面部，就会发现有些线条是带着稚气的。宋舒为了抹掉这些稚气，还给自己化了妆，然而这只能使稚气的线条更加明显，就像小女孩偷穿大人的高跟鞋一样，踢踏着找不到走路的感觉，倒像是往前方挪。

新学校的同龄孩子在宋舒看来，就像灰色的鹌鹑一样茫然、雷同，没有自己的个性，她的早熟和低调很快在孩子中掀起一阵风暴。过分低调就是高调。宋舒在学校里没有朋友，不是因为她不想交朋友，而是她悲哀地想，不知道下次会什么时候搬走，既然要分离，何必要相识？这种思想暴露了宋舒性格中幼稚的一面，然而，她自以为那是一种淡然处世的成熟表现。宋舒不让小阿姨接送她，她自己上下学。有时候路上寂寞，就戴上耳机，把整个世界隔在外面。宋舒不用耳塞听歌，她觉得不够过瘾，一定是耳机，中型号，黑色的框上有几缕掺了亮金粉的蓝色，电影上酷酷的少年都是这个装扮，宋舒在学着别人，创建自己的格调。

天色暗了下来，孩子们都已经回家了，老师却把宋舒留下来谈话，主题是宋舒穿奇装异服，独来独往，不参加集体活动，也不和同学们交流，还总是迟到早退。“你再这样的话我们要考虑劝你退学了。”老师很有涵养似的抿了一口茶，一只手不耐烦地敲打着桌面。宋舒看到他的中指上戴着一个又宽又大的金戒指，方形的一个凸起含住一颗假红宝石。恶俗。宋舒想。

宋舒平静的脸激怒了老师，他觉得宋舒平静的背后是对他的蔑视和不尊重。他继续训斥她，语气更恶劣，可是宋舒的回答却始终礼貌得体，似笑非笑地看着老师。老师也找不到合适的理由去指责宋舒如何不对，只好揪住她的迟到早退不放。

“你以为你有什么特殊的吗？记过！警告！”老师愤怒地吼道。

“你还有什么想法吗？”他历数宋舒的“罪状”，找到了心理平衡。

“没有了，老师。”宋舒说。

老师突然很失落，他觉得面前的这个女孩子像一股摸不清来向的风，他选择跟风捉迷藏，从开始就注定会输。这个孩子，她的思想和她所关心的事情和别的孩子都不一样。在别的孩子看来天大的打击，在她看来却和挠痒痒差不多。

“你就没有任何想法了吗？我记你的过了，再有一次，你就要被劝退了，”老师提高了声调，“你不想检讨一下自己吗？”

“是我做得不好，我不应该迟到、早退，更不可以逃学。我和别的孩子没有什么不同，我也没觉得我有什么不同，甚至我觉得自己更普通一些。”宋舒依旧彬彬有礼，不忘记报以招牌式的微笑，只露八颗牙，平和地说：“老师，现在我可以走了吗？天黑了，学校附近没有路灯，再说您也该回家了吧？”

老师突然感到一阵疲惫。他没有再说什么，缄默地一挥手，手指上的金戒指发出一道光芒，滑过宋舒的脸，示意她可以走了。

宋舒一出校门就戴上了耳机，她把手插在上衣兜里，看自己的小拳头怎么将衣兜捣鼓出不同的形状，耳边音乐轰鸣，这种夜的黑暗带给宋舒一种身心的宁静。

宋舒走进胡同，两边大楼的灯光一闪一闪地投在胡同的地面上。这时，一个人静悄悄地贴近宋舒，宋舒浑身汗毛都竖了起来。她警觉地往墙边一闪，这才看清后面跟上来的人是楼上那个苏格兰男人，他买了一布兜水果，微笑着递给宋舒一个浑圆的物体。

黑暗中，宋舒看不清楚男人递给她的是什么，接过来一看，原来是一只橙子，隐隐有着水果的甜香。宋舒拿不定主意要不要跟他说一声谢谢，因为从没有见过他说话，也不知道他能否听懂中文。

宋舒和苏格兰人并肩往家走，一路无语，但是气氛并不尴尬。苏格兰人给宋舒打手势，他的手指头修长而有力，指甲修剪得短而圆润，他打手势的时候就如同手指在跳舞。宋舒看不懂他在比画什么，但是被他灵巧的动作吸引了。她觉得他至少是个音乐教师，女孩的提琴应该就是他教的。记得有一回，宋舒还听到他弹钢琴为她伴奏，那是一支欢快的曲子，但是放慢了速度就会变得十分忧伤。宋舒觉得他是带着感情弹奏的，不同于一般的弹奏者。以往宋舒听说带着感情弹奏的形容就觉得矫情做作，但听了他们二人的合奏，宋舒才知道，倾注感情是能改变整个曲风的。

快到家的时候，苏格兰人掏出一只口琴，放在嘴边开始吹，吹的是欢快的曲子，是宋舒常听见的那首。这时候二楼的窗子猛地开了，女孩子欢快的喊叫声传了过来。接着，她披头散发地跑了下来，白色的睡袍被风鼓得圆圆的。宋舒看见苏格兰人脸上洋溢着骄傲之情。他虽没有说话，但是宋舒能从他的脸上知道他要表达的意思：你看，她多漂亮啊！

他张开着双臂等着女孩扑到他的怀里。女孩叫他："Oh，Papa."

宋舒听懂了，女孩叫他爸爸。但是她又觉得不像：女孩大概19岁左右，虽然苏格兰人毁了容，但从他年轻而强壮的身体来看，他大概只有30来岁。

突然，苏格兰人冲宋舒挤了挤眼，张嘴说了一句中文。他说："有旅伴，路途会减少一半。"他的中文发音很奇怪，既像河南口音，又像山西口音。宋舒没料到他会说中文，并且误以为他的不语是因为哑的缘故，所以此时十分惊讶。

“有旅伴，路途会减少一半。”宋舒看着“父女”俩依偎着走了，轻轻重复着他说的这句话。

晚上，妈妈在饭桌上喋喋不休地抱怨这里的菜贩是如何不公，看她和小阿姨是外地人就欺负她们，缺斤短两。宋舒和爸爸忍耐着听妈妈说话。妈妈说着说着来了怒气，把碗往桌子上一摔，碗里的汤溅出来，濡湿了一大片桌布，油腻腻地往宋舒这边淌。妈妈问：“你们俩都怎么了？我说话你们怎么没有反应？”

“说什么好？”爸爸慢悠悠地吃了一筷子长长的豆芽，“你这豆芽没有炒熟。”

他说罢吐出来没嚼烂的豆芽，张牙舞爪地摊在桌布上。

“你知道豆芽有多贵吗？没有熟你也不能吐出来放桌布上吧！你晓得现在菜价有多高吗？你只知道不好吃就吐了，怎么不知道在孩子面前要节俭？亏你还是教师，能指望你教出什么好学生？”妈妈冲爸爸叫嚷，挥舞着拿着筷子的手，筷子上的油甩得到处都是。

“不就是几根豆芽吗？我扔了这几根豆芽，咱们一家人会饿死吗？菜价贵和菜烧得熟不熟有什么关系？你不要无理取闹好不好？我什么时候让你缺过钱？”爸爸还是慢吞吞地说话。

妈妈真的生气了，她像好斗的公鸡一般，蓬着羽毛，对爸爸发起一阵一阵的进攻，将一件件鸡毛蒜皮的小事，从他们开始结婚的时候数落起来。

宋舒听得不耐烦，筷子一摔，走了。身后，爸妈的叫嚷声不断。

宋舒觉得爸爸和妈妈越活越像孩子。

进了屋，宋舒拿出耳机开始听音乐，爸爸妈妈的争吵顿时从她的耳边消失。可她刚刚闭上眼想要休息一会儿，爸妈就吵到她的屋里来了。妈妈满脸泪痕，摘掉她的耳机，说：“宋舒，你说你爸前些天剪草坪时，是不是故意剪掉我的玫瑰花，还威胁你，不让你告诉我？”

宋舒觉得很好笑，说：“爸爸只是说……”

妈妈像是得到证明一般，立即打断宋舒的话，冲着爸爸说：“你看你看，孩子都说是了！你这人就是不肯承担责任，无论大事小事，你总能找到推脱的理由。我从一开始就看出来了，就是没说，给你留着面子。我的花怎么你了？你剪它，就是不能容忍有别的东西长在你的草坪上，你就是看不惯跟你的草长得不一样的东西是吧？长得不一样的你不剪心里就不舒服是不是……这说明什么？说明你思想狭隘，不能容人！”

这些话闪电一般击中了宋舒。宋舒觉得他们吵架的内容无聊而且莫名其妙。她走出屋子，并替爸妈把自己屋的门掩上。

这时，楼上有音乐传来，很近。宋舒不由自主地上了楼梯，见苏格兰人就在楼梯上坐着，他孩子一般穿着件米老鼠和唐老鸭的厚套帽衫，戴着衣服上的兜帽，在专心地拉提琴。曲子节奏舒缓，溢满了静默的哀伤，水一般缓缓流经宋舒所站立的楼梯，灌满了整个客厅。这时候，女孩下了楼梯，她刚洗完头，发梢还是湿漉漉的，显得她的脸颊丰满了一些。女孩坐在苏格兰人身边听着。

一曲终结，宋舒有些恍惚，问：“这支曲子叫什么名字？”

“《苏珊娜》，”苏格兰人说，“和我的女孩儿名字一样，苏珊娜。”宋舒忽视了苏格兰人奇怪的发音，终于知道了它原来叫《苏珊娜》。

苏格兰人冲女孩说了些什么，语速很快，女孩莞尔一笑，转身跑上楼，试了试钢琴音，苏格兰人手指头放在嘴边吹了一声尖利的口哨，两人开始合奏《苏珊娜》。哦，欢快的苏珊娜，忧伤的苏珊娜。

“Your daughter, she is pretty (你的女儿真漂亮).”宋舒竭力搜寻脑海中不多的英语词汇，她觉得要夸人家的孩子漂亮，需要用他们的语言。

“她不是我的女儿，”苏格兰人依旧用生硬的汉语说，“她是我的女孩儿，从码头上顺水漂到我脚边的精灵。”

接下来，苏格兰人开始滔滔不绝地说话，可是说的什么宋舒却听不懂，她的英语水平可能还不如苏格兰人的汉语水平。

宋舒找到争吵后疲惫不堪的爸爸，他佯装看报纸，手气得直抖，也没注意报纸拿反了。

宋舒问：“楼上的两个人是什么关系？”

爸爸愤怒的眼睛从报纸后面露出来：“跟咱俩一样，问这干吗？”

“可是苏格兰人说她是顺水漂来的精灵。”宋舒有点儿迷惑。

“修辞手法你不懂吗？你语文怎么学的？不会自己理解吗？短文理解会不会？书架上有阅读理解练习册，找一本做去。”爸爸开始拿宋舒撒气，又用报纸挡住了脸。

宋舒由心底生出了一种新的情感体验——怅然若失。

这天，宋舒放学回家后看见小阿姨和苏珊娜一起坐在院子里绣十字绣，她们头抵着头，很亲热的样子。看见宋舒拖着步子回来，她们抬起头冲宋舒一笑，笑得很和气，两人年轻的脸都未施粉黛，就那样以天然的姿态暴露在日光下。光照下的她们清秀而且充满真实的活力，毛茸茸的头发上泛着一层光晕。

此刻，宋舒觉得她们三人中间横了一个世界。宋舒回到自己的卧室照镜子，镜子里的女孩脸色抹得雪白，眼线画得过于明显，眼白很突兀，嘴唇是两片油汪汪的紫红。宋舒莫名其妙地大笑起来，她觉得自己从前认为的美现在看起来十分滑稽——她的脸是独立存在的，妆从来没有化到过脸上，都是与她本身分离的。原来她一直戴着张面具般的脸，忘记了脸下面还有个朴实、年轻的自己。笑完了，宋舒突然感到前所未有的孤独。她看向院子，小阿姨还在和苏珊娜一起绣十字绣，时不时两人就会无所顾忌地笑起来。

当天下午，宋舒就告诉小阿姨，如果小阿姨还要每天早晨去买菜的话，她很想和小阿姨顺道上学。宋舒说完这句话后捏了一把汗——她怕被拒绝，越是怕，越是不肯张口要求，时间久了就成了一种习惯。宋舒还记得当初自己对小阿姨有多苛刻，所以现在只能缩着脖子小心翼翼地听小阿姨回答什么。

没想到，小阿姨很爽利地答应了。小阿姨说："有旅伴，路途会减少一半。"

宋舒慢慢地重复这几个字，心里竟像是开化了一般。

宋舒从未仔细打量过自己卸了妆的脸，扁平的圆脸，下巴尖尖的，五官平淡无奇，只有一双睫毛飞卷的细长的眼睛还有些看头。宋舒有些不适应如此近距离地仔细观察自己，她内心有想逃开的冲动，然而她还是坐定了板凳，强迫自己继续看下去。

面对自己也不是一件难事。宋舒想。

下楼的时候，她碰见了苏格兰人。苏格兰人看见宋舒的模样，眉毛高高一挑，说："您今天就像花儿一般。"

宋舒向他道了谢，脚步轻快地哼着《苏珊娜》下楼。

后来，宋舒从小阿姨那里得知：苏格兰人的父母都在外国，他本人是个乐师，天分很好。他事业辉煌的时候却被心理不健康的乐迷泼了硫酸，从此就过起了半隐居的生活，在附近的大学艺术学院里代课。苏珊娜是他十岁那年在码头捡的弃婴，为了苏珊娜的成长，他一直单身——虽然很多姑娘不嫌弃他的脸，要嫁给他。

“他是个好人，”小阿姨说，“真是个好人，这一带的人都知道他，他是个快乐的人。”

十几岁的孩子捡了一个弃婴，并养到这么大……宋舒问自己：这是一种什么样的坚持？她觉得这对父女已经开始影响她的生活了，她不由自主地产生了想融入他们轻松快乐的生活当中去的想法。于是，宋舒暗暗下了决心，以后不再逃课，好好学英语，跟他们交流。说到英语，宋舒很疑惑小阿姨是怎么跟他们父女俩交流的。可是小阿姨只是很奇怪地望了她一眼，问：“交流非得用语言吗？”

宋舒半晌没有说话，良久，她问：“不用语言用什么？”

小阿姨把靠近宋舒这边的菜篮子转到另一只胳膊上，伸手挽住宋舒的胳膊，两人的距离顿时近了。小阿姨比宋舒高，宋舒的肩膀摩擦着小阿姨的臂。很久没有与人这么近距离接触的宋舒别扭地走着，来自小阿姨的体温令宋舒温暖，有些尴尬，又有些舒心的安全感，这种感觉让宋舒觉出新鲜来。

虞美人的花期结束后，小阿姨喊宋舒来到院子里。她见小阿姨与苏珊娜正围着那盆虞美人。花落了，长出一个小包，里面全是种子。小阿姨拿着花茎摇晃，苏珊娜在下面用纸接着掉下来的花籽儿。最后，小阿姨把那张接了花籽儿的纸递给宋舒看，愉快地说：“等到明年，这些种子都会发芽、开花，这里会长出一大片虞美人，一大片！”

宋舒似乎已经看到那片红色的虞美人了，眼神飘忽起来。

看着苏珊娜她们专注侍弄种子的神情，宋舒突然由衷地产生一种久违的希冀与感动。

天使吻过你

一

小苑站在商店的橱窗前，愣愣地看着里面的一个女生在试裙子。

女生身边站着素质很好、经过训练的服务员，她帮女孩拿着几件同样漂亮的裙子，里面有及地的礼服，也有只到膝盖的蛋糕裙。她一件一件地试，这些裙子像花朵一样盛开在女孩身上。

她肯定是在为这周末的走秀做准备。因为近一个月来，大家谈论的都是学校组织的走秀活动。学校要申请省示范重点校，除了升学率要高外，还要有各种课余活动，比如篮球比赛啊，诗歌朗诵大会啊，听说还会有舞会和音乐剧比赛……不过这都是以后的事情呢，现在距离大家最近的活动就是走秀了，最吸引人的是还可以邀请异性朋友一起来礼服秀场走秀。

小苑认识那个女生。

她叫北辰，与小苑同班，是全校最招摇的女孩。不过她并不漂亮，很多人都这么觉得。她最闪耀的地方就是样式繁多的漂亮衣服。或者是出于嫉妒，或者是出于对自己匮乏的衣服资源的不满，很多女孩都在嫉恨北辰。

“长得那么平凡，还有那么多漂亮的衣服穿！要是我穿，肯定比她好看！”

对于北辰，小苑只有羡慕和祝福，她觉得那个女孩并不仅仅因为衣服而闪耀，她的一举一动、一颦一笑都很美。可想而知，她有着多么强大的内心，所以才如此自信。不过小苑也幻想着自己能拥有一个像北辰那样的衣柜，里面全是漂亮的裙子，尤其是能够露出她双腿的美丽线条的短裙。

的确，小苑有一双又细又直的腿，这是一双超级模特儿才会有的腿。

可是小苑从来没有穿过裙子。

她会找谁做搭档，一起走礼服秀呢？小苑傻傻地想，她会找王子吗？

王子是她隔壁班的一个男生，名字很霸气，样貌也很赏心悦目。小苑一见到王子就“犯花痴”，几乎说不出完整的话来，显得自己很傻。不过北辰就从来没有露过怯，她在谁的面前都很大方。

里面的女孩似乎留意到了小苑的注视，她抬起了头。

小苑慌忙躲开。可是里面的女孩似乎有要走出来一看究竟的意思，她大概认出了小苑。

小苑拔腿就跑，身后传来了女孩的喊声：“小苑？小苑是你吗？”

她追了上来！

这下糗大了！小苑狼狈地想着，拼命往前跑。

北辰会怎么想自己？偷窥狂？小苑想，自己的行为的确很容易让人联想到偷窥狂。

前面竟然没有路了。她飞快地转了一个弯，刚好看到两个半人高的垃圾箱。小苑顾不得那么多了，马上爬进了垃圾箱，拿起一顶破帽子扣在头上，把旁边的破被单往身上一裹，索性装死，一动也不动。

垃圾箱里臭气熏天，小苑强憋着气。

北辰追到垃圾箱附近了。她诧异地看了看前面的死胡同——难道小苑变身蜘蛛侠跳过去了？她又喊了两声小苑的名字，才疑惑地走开了。

听着她的脚步声越来越远，小苑才大大地喘了口气，从垃圾箱里站了起来。身上挂满了垃圾，脚下踩着鸡蛋壳，她懊恼地看着自己的狼狈相。

“小苑！”北辰又突然冒了出来！

她被小苑的模样吓坏了：“你……”

“啊！我没关系，没关系……刚刚滑了一跤……”

小苑笑呵呵地从垃圾箱里爬出来，心里则不停地狂喊：完了完了，这下肯定完了！自己的一世英名啊！

“哦……”北辰上下打量着小苑，半信半疑地说，“下次走路小心点儿……”说完，她从小苑的头发上取下一条完整的鱼骨！

这大概是一条草鱼的鱼骨，因为个头儿很大……

小苑顿时觉得头上画满了斜黑线。

小苑慌忙向北辰鞠躬致谢。接着，她飞快地跑了，直接忽略了北辰疑惑的目光以及路人诧异的眼神。

这个少女像一个会活动的垃圾箱，她似乎很赶时间，是赶着去垃圾场吗?

二

“你这孩子，真是的，怎么连路也走不好，竟然摔进了垃圾箱……”妈妈边唠叨边替小苑拿来了干净衣裤。

小苑刚刚冲完澡，她看着被妈妈洗得喷香柔软的牛仔裤，想起了北辰身上的似乎能闪闪发光的裙子。

“妈，我还有裙子吗？”小苑的疑问脱口而出。

“咦？”在客厅看电视的爸爸惊讶地回过头看着穿着睡衣睡裤的小苑，“你要穿裙子？以前你可是死活不愿意穿呀！”

小苑白了爸爸一眼：“你管我呢！”

妈妈确认女儿是认真的，于是小心翼翼地说：“你前段时间把裙子都送给表妹了……还毁掉了不少……”

“我发过那么大的脾气吗？”小苑想起以前自己做的事，觉得有些不好意思，不过她也觉得自己确实是个“怪胎”，冲动起来没脑子。

“你现在要裙子做什么？”爸爸好奇地看着小苑。

“这周末有一个走秀，听说还有专业的评委给评分。我想参加。”小苑终于说出了心里话。

“好哇，我们前段时间逛街，爸爸不是给你买了一条哈伦裤嘛，你可以……”妈妈来了精神，眉飞色舞地讲了起来。

“不对，穿哈伦裤绝对显不出小苑的腿有多漂亮，要穿紧身牛仔裤！”爸爸提出了反对意见。

小苑的目光渐渐黯淡下来，裤子、裤子、裤子！

没错，裤子……她只能穿裤子！

“我想穿裙子。”小苑直截了当地说。

爸爸妈妈顿时束手无措了。他们看着女儿，目光里有为难，也有哀伤。

小苑不说话了，她默默地拿起放在沙发上的衣服，回自己的房间去了。

身后，妈妈问道：“不吃午饭了吗？”

小苑没回答。她心情糟透了，真的，非常糟！

她把衣服放到床上，对着衣柜上的镜子缓缓把裤腿挽了上去。没错，镜子里的那双腿线条笔直，骨肉匀停，当她一动不动时，就像一幅比例完美的写生作品。

可是，在这双完美的腿上布满了青色的胎记！

胎记从脚踝开始，滴滴点点环绕着小腿肚，一直到大腿根！

小苑抚摸着这些色块沉淀的胎记，捂住脸轻轻地哭了，她拥有 15 岁少女最美好、最无瑕的线条和令人羡慕的身高，可是上帝太残忍，竟然给她画了满腿的胎记！

三

明天就是周六了，下午将在礼堂进行走秀比赛。现在已经有老师和学生在那里布置会场了。

小苑呆呆地坐在操场上。现在是春末，但已有不怕冷的女孩穿起了裙子，为了御寒，还穿上了英伦风格的袜套，三三两两聚集在一起说笑，手里还拿着装饰用的气球，十分惹眼。

她已经很久很久没有穿过裙子了。

最后一次穿裙子，就是在上次社区组织的少年服装大赛上。

妈妈给她穿上泡泡袖的公主裙，把她的头发用吹风机吹出大大的卷，陪着她来到T台下，并用袜套遮住了她腿上狰狞的胎记。

台下十分热闹，人声鼎沸。这些“小大人”们在台上自由发挥着。但是有一个佼佼者一直位列第一，无论是才艺表演还是T台走步，都赢得了观众评委和专业评委的认可。

小苑开心极了。在最后的集体亮相中，她加了几个事先没有排演过的动作——她在台上蹦了起来。

这时，袜套滑落到脚踝，台下一片哗然！

小苑呆住了，评委们也呆住了！大家没想到，面前这个各方面都完美得令人嫉妒的女孩子竟然有这么丑陋的胎记！

妈妈慌忙跳上台，一把搂住小苑，逃也似的离开了。

回到家后，小苑在客厅里呆坐了一下午。

晚上，她冷静地把所有漂亮的裙子叠起来，给同年龄的表妹打了个电话，让她来家里拿裙子。而不那么漂亮的裙子，尤其是短裙，全被她用剪刀剪碎了。

那天晚上，小苑觉得，她的心也与裙子一起碎了。

四

突然，小苑的面前出现了一双纤细的腿。她抬起头看，原来是盛装的北辰。

北辰低头看着她，对她绽开一朵大大的微笑："小苑，是我，你怎么哭了？"

她轻轻地替小苑拭去眼角的一滴泪水。

北辰的身后站着王子，他应该是陪北辰来走礼服秀的，从他们和谐的穿着就能看出来。

"对不起，我不知道这个地方是你们排演的场地，我这就走。"小苑站了起来，慌乱地用袖子抹去了眼泪，低着头想要离开，她不想让王子看到自己灰溜溜地哭鼻子。

"小苑！"北辰似乎有话要对她说，可是这会儿小苑的心情实在太差了，她不想听。她只觉得眼前这对俊男美女实在太和谐了，她的出现简直大煞风景。

"小苑，别走！"北辰突然将音量加大了，"我记得你！在那次少年服装比赛上！"

就如同世界崩塌一样，小苑顿时觉得无地自容！原来她认识的人中有知道她的过去的！北辰知道！她怎么会知道？那么，王子知道吗？她会不会告诉王子？

她的心更慌了，操场上的人似乎突然变多了，小苑紧张极了，她浑身都出了汗。他们会不会听到北辰的话？北辰会不会告诉所有的人，她其实是个丑陋的怪物？

然而她的担心是多余的。北辰不说话了，她大概察觉到了小苑的反应。

小苑抓住这次机会跑了。她边跑边想，为什么自己总在逃跑呢？什么时候才能不跑？什么时候才能大大方方地站到大家面前，穿着最爱的裙子？北辰呢？她到底是什么居心？是在警告自己不要参加比赛吗？如果她记得自己，那么说明当时参加比赛的时候她也在场，那么她当时是观众还是选手？

小苑觉得自己的脑子里乱糟糟的，她迫切地想要回家，躺在床上睡一觉，大概睡醒了，就再也不用这么窘迫地面对这一切了。

跑得要断气的小苑委屈极了。

为什么偏偏是我！

五

上英语课的时候，小苑老是走神。北辰坐在教室的正中央，她像往常一样，挺直着脊背认真听讲，时不时回应老师的问话。

当她站起来走上讲台，准备按老师的要求做课文场景再现练习时，小苑盯着她的背影直发呆。这个女孩身体里究竟蕴藏着一种什么能量，能让她总是一副彬彬有礼的样子，无论遇到什么情况都不会慌张，都能理智地对待？如果胎记长在她的身上，她又会是什么样子呢？会不会跟自己一样？

同桌用胳膊肘捅了捅小苑，尖酸地说："你看，北辰又上去表演了，真是爱出风头。"

小苑心里涌起一阵反感，她没觉得北辰哪里做得不对，正想反驳同桌，谁知北辰笑容满满地对老师说："我想请小苑来做我的搭档。"

班里静极了，谁都知道小苑从不敢参与课程的这个环节，他们都嗤嗤地笑了。

在北辰目光的鼓励下，小苑却突然站了起来。她大方地站到了讲台上。早已将课文熟读的她，复述对话是没问题的。

两人结束表演后，北辰主动冲着小苑点了点头，竖起了大拇指。同样惊诧的还有同学们，谁都不知道小苑的发音如此标准。

放学后，北辰就在教室门口站着，眼睛往小苑的方向看。小苑看她的身体动作，就知道她在等着自己。但是不知道为什么，小苑特别怕她，不仅仅因为她们的性格截然相反，更因为她了解自己的过去。

小苑退缩了，她装作没有看到北辰，从后门溜了。为了防止在路上碰到北辰，她还特意绕了远路，足足比平时晚了一个小时才到家。

家里永远是那么安静。每当回家时，妈妈总在厨房里忙碌，准备晚饭，而爸爸则在客厅里抽着烟看书，等着小苑回来把烟头掐灭，蛮横地阻止他抽烟。

小苑放下书包，喊了一声："爸爸妈妈，我回来了。"

今天妈妈却并不像平常一样只应一声，而是从厨房里走了出来，双手在围裙上擦拭着，看着小苑说："刚刚有个女孩来找你，在家里坐了一会儿，见你还没回，就留了一封信，走了。"

"女孩？"小苑奇怪地看着妈妈，她不记得自己有什么女生朋友。她在学校里的朋友不多，尤其是又刚刚调班，同学们都还比较陌生。

"是个面生的女孩，长得没什么特点。喏，这是信。"妈妈指指茶几上的一个小信封。

小苑疑惑地打开信封，里面只有一张小纸条，上面写了一小段话：

小苑:

完美的孩子是漂亮的苹果，天使也喜爱，就忍不住吻了一下。

北辰

小苑轻轻眨了一下眼睛，一滴泪水掉在纸条上。

北辰是个那么善良的女孩，大概自己真的错怪她了。她平时都很照顾自己，如果要揭穿自己的秘密，早就说了，何必等到现在？况且小苑并不打算参加比赛，更是对她一点儿威胁都没有。

吃完饭，小苑回了自己的卧室，很快就睡着了。

在梦中，她似乎又回到了那次比赛现场。周围全是冷眼嘲笑的人，评委在下面议论纷纷，她孤零零地站在台上，没有人帮她。所有目光的焦点都在小苑的腿上，她恨不得藏起这双腿，可是裙子却怎么扯也扯不长。她想跑掉，但是脚像粘在了地板上，怎么都动不了……

小苑急了，她忽地从床上坐了起来。

已经是早晨了，阳光从窗帘缝里透进来。

她的床头坐了一个女孩，正在对她盈盈地笑。是北辰。

“我看你睡得香，就没喊醒你。反正比赛也是在下午，你可以再睡会儿。”北辰温柔地说。

小苑吓了一跳，但立刻不好意思起来，因为自己衣衫不整，蓬头垢面。而北辰则穿着一件白色长绒毛衣，一条棉质的深紫色格子裙，香气扑鼻。

小苑用被子遮住自己，只露一个头说：“我没有报名参加。”

“你以为我这些天来什么都没做吗？”北辰笑了，她拿起放在脚边的方形小皮包，晃了晃，“我可是兼职魔术师哟！”

六

会场上人声鼎沸，大家都在观看比赛。为了增添趣味性，主持人特意让所有的女孩子都戴上了蝶形面具，只露出嘴唇和下巴，直到最后才揭晓“三甲”都是谁。这样一来，评委就只能靠气质、形体与服装搭配来评分了，还是很公平的。

不过大家都能猜到一二，因为最后一场的礼服秀有男伴出场，大家平时就能看到他们排演，比如王子身边陪伴的绝对是北辰。大家都被北辰的装束惊呆了：不愧是北辰，站在人群中仿佛鹤立鸡群，最让人感到惊艳的是，她穿了一双设计新颖的丝袜，丝袜上有一只青色的凤凰！

脚踝处是凤凰飘逸的尾巴，膝盖处是展开的翅膀，华丽的凤凰缠绕在北辰完美的腿上，与她深紫罗兰色的礼服短裙相映生辉，给人一种奇妙的视觉效果。

果然，公布第一名时，评委让穿着凤凰丝袜的女生向前一步走，然后摘下面具。

当面具拿下来后，大家都惊呆了。

不是北辰，是小苑！

小苑接过主持人的话筒，对着台下的某个角落说：“我的名字叫小苑。今天我能够站在这里，是因为我遇到了一位魔术师，她……”

小苑的眼圈红了，她看到了在黑暗处坐着的北辰，正微笑着看着自己。

“她施了魔法，让我布满胎记的腿变得美丽起来……她用化妆的青色眼影在我的腿上画了一只凤凰……”

北辰轻轻摇了摇头。她说话了，根据口型，小苑知道她说的是什么：

“你是被天使吻过的孩子。”

七

很久以来，小苑都不知道，原来在那场让她伤心的比赛中，北辰也在，她一直都只能位居第二。可是，就在北辰心甘情愿准备接受第二名的时候，小苑出事了。

很久以来，小苑都不知道，如果当初不是她逃开了，那个曾经也因为自己相貌平常而十分自卑的女孩就不会蜕变，正是小苑的离开，让她头一次夺冠。

很久以来，小苑都不知道，这个第一名给了北辰很大的动力，她真的蜕变成了一只凤凰。在这之后，努力学习礼仪、提高涵养的北辰一直在默默关注小苑。

很久以来，小苑都不知道，北辰一直在寻找一个机会，想把小苑应得的还给她。

很久以来，小苑都不知道，她以为自己在偷窥北辰，其实北辰也在一直关注小苑的成长。

直到有一天，她们终于拨开了层层迷雾，一起成为那最完美的苹果。

旅行者的鞋

雨季过后，人们看到布町回到朝北的陡峭山坡上放羊。他手持一根脱了毛的芦苇梗子，斜挎着泛白的牛仔帆布包，松松垮垮的衣襟上别着一朵金黄色的迎春花。他的眼睛一直望向北山的最北边，那个遥远的小缺口，是通往外界的唯一道路。

布町逢人就问：“你从哪里过来？有没有看到一个旅行者，他穿灰白的长褂、深蓝色的裤子，可能没有穿鞋……”

说到这里，布町的手在布包里翻找，一只腿独立支撑，另一条大腿的根部抵着布包，拿出一双细长的针脚歪扭的黑色褡裢布鞋，鞋底已被磨穿，薄如蝉翼，中央有一个拇指肚儿大小的洞。

“他把他的鞋忘在我家里了。”布町郑重其事地说。

来人摇摇头，表示没见过。布町失望地抿抿嘴，把鞋小心翼翼地放回布包的最底层，并一而再，再而三地叮嘱每一个要出山或者刚进山的人：如果碰见旅行者，告诉他，他把鞋忘在南山坡脚下的布町家了，让他回来取。

来人在答应的同时不忘嘲笑布町：“你这个傻子，还真等呐，一双鞋而已，值得费这么多的心思回来拿吗？”

布町一概不理会这些话，他的目光又投向遥远的北山口，那里微微亮着的一缕光芒，柔柔地温暖布町的眼珠，热量通过眼睛一直延伸到他的心窝里。

布町眼前似乎浮现出第一次遇见旅行者时的情景。那是一个雾蒙蒙的湿润的清晨，旅行者跌跌撞撞地在北山的缺口出现，无助地睁着一双能够温暖人的深邃眼睛。当他笑着向布町伸出一只手的时候，布町懵懵懂懂地牵着他宽大的手掌，把他带回了家。旅行者浑身裹着陈年的泥土，一层盖着一层，最底的一层是新鲜的带有雨腥气的尘埃。他的每一寸皮肤都在诉说着饥饿和干渴，皲裂的嘴唇布满裂纹，似乎随时都会因体力不支而晕倒，但是他的眼睛像一星微笑着的火苗，虚弱却持久地燃烧着。

布町给他端来一罐水，他倒进嘴里，一滴都没洒。

旅行者发着高烧，神志不清地倒在火炉边。布町替他把鞋脱掉，惊呆了——旅行者扭曲的脚掌如同炭火核般鲜艳，细长的脚趾如猿般挺直，指甲弯曲如鹰爪，尖端闪着利光。正是这尖锐的脚趾，能够牢牢地抓住平滑的地面和凸起的岩石，把旅行者送到这遥远的北山坡。在火红的光的映照下，他粗糙的皮肤如同干燥的黄土高原一般沟壑起伏。他微驼的背上有一个巨大的包裹，有蛇皮一样的绚丽花纹，一丝一缕纠缠着来自外界的神秘的文化。

他睡得如同黑夜里的黄土地，安稳、静谧。

布町敬畏地替旅行者拿下包裹，昏睡的旅行者却如被蛇咬般一阵痉挛，惊醒过来。他的双手死死捂着包裹，缄默地紧盯着布町，一脸警觉。良久，他才竖起一只食指，在唇边舔一舔，又在布町的额上点一点，然后起身，干脆利落地重新背上巨大的包裹，飞快地在村里游走。布町举着他的鞋追出去，在他身后喊叫，他也不回头，而是一家一家敲开门，打开包裹搜寻，里面是一封又一封枯黄的、皱巴巴的长方形信件。旅行者脸上带着笑容，将信件送到各家各户。信都是遥远的亲人寄来的问候。

幸福的泪水濡湿了这些走了很远路程的信件，人们向旅行者致意，给他戴上英雄才有资格获得的巨大勋章，给他端来每年祭祀时才能用的村头的泉水，让他沐浴。村里人就如同过年一般，相互奔走，传阅信件。欢呼声包围着旅行者。人们找来了全村最好的写字师傅聚集在开会用的祠堂里，给每一封家书回信。祠堂里有祭坛，旅行者疲倦地卧在深黑色的粗糙石头上，沉睡得如同婴儿一般。在梦中，旅行者的眼泪从眼角缓缓流出。他喃喃地说着一些陌生、奇怪的词儿，布町听到一个短促的词语，“妈妈”。

当人们满心欢喜地将写好的回信用麻绳拴好，包在一层又一层的布中，递到祭坛上旅行者的手中时，旅行者的骨骼发出破裂的巨响，他背上的空包裹皮滚落到布町的脚下，掉出一把黄土，这黄土陈旧、干燥，并且散发着这湿润的南方不曾有过的粗犷气味。旅行者用手指了指黄土，眼睛一合，昏迷了过去。

当雨季到来的时候，村里发生了翻天覆地的变化：大水冲走了一切地面上生长的农作物，大部分房屋被大水淹没，只有北山坡上的几户人家幸免于难。大家只能全都聚集到祠堂里面，众星捧月般围着旅行者所躺的黑色岩石。人们给他带来了棉花做的被褥，替他仔细地盖上。媳妇和婶子们也送来了热水和食物，喂到他的口中。然而他已经不知道如何吞咽了。人们着急地围着他，盼望他快些醒来，把信件都带出去——只有旅行者才能再次找到寄信的人，这个村子里，已经很久都没有外出的年轻人回家了。

可是旅行者丝毫没有好转的迹象，他一直冲着人们安详地微笑，笑得歉疚而温柔，水一样一波赶着一波。人们焦急、恐慌的心被他淡泊如湖水的笑容感染，他们受伤的心灵以及家园被毁的绝望之情逐渐平复了，仿佛再次看到了希望。

当雨季结束，祠堂里的食物被随着水流而来的巨大螃蟹吃得干干净净时，人们在昏睡中看到一波又一波上岸的螃蟹和明虾，知道大水已经退了。他们揉着惺忪的睡眼出了祠堂。水虽然没有完全退掉，但是洪水带来的生命开始在这片多灾多难的土地上扎根、繁衍。他们看到蓊蓊郁郁的水葫芦瘟疫般疯狂生长，便挽起裤管用手捞着水葫芦，把鲜嫩的水葫芦带回去炒着吃，就像小白菜一般清脆而有营养，滋补人们干涩已久的胃。村人全部出动，去捞水葫芦，布町则立在空荡荡的祠堂中，看着高烧不退的旅行者。由于大水逐渐退去，旅行者也逐渐好转，随着土地的面积越来越大，旅行者也越来越清醒了。

布町将旅行者背回了自己在北坡上的家——那个风雨中飘摇的小石屋。

当第一缕阳光投进阴暗潮湿的石屋时，旅行者醒了，他坐在床头看布町在盆里洗水葫芦。布町憨厚地笑笑，抹抹溅在脸上的水，说："我是孤儿布町，你叫什么名字？"

旅行者笑而不语，他的一双似乎能够看穿人思想的眼睛怔怔地盯着布町，从上到下，从下到上。

"村里人都盼望你能快些好起来，好把他们的信件带出去。从家里出去闯荡的孩子没有一个回来过，大家都很担心，"布町说，

“你见到他们了吗？”

旅行者的眼神开始变得忧郁。他一脸哀伤地看着布町，用一根手指指指自己的心脏部位，摇了摇头。

布町不明白他的意思，继续问：“他们既然能够把信件给你，你就再次能找到他们，是吗？”

旅行者的眼睛里泛起了泪花。

布町慌忙说：“你别哭，我不问了。”

旅行者把他那色彩斑斓的包裹攥在手中，递给布町。布町解开一根又一根的布条，里面空空如也。布町不解地望着旅行者。旅行者用双手抓住包裹的底部，往下倒，竟然倒出了细细的黄土。布町用手指捻着这些细致的黄土，抬头看着旅行者，旅行者的头发里、脸上、身上开始渗出同样质地的黄土，雪一般纷纷落下，布町惊恐地伸手去接。旅行者却如释重负，长长地舒了一口气。

布町把目光投向遥远的北方，那里是黄土的发源地，千沟万壑，终年缺水，不像布町的家，湿润得犹如浸满水的海绵。

旅行者放心地倒回床上，褥子被旅行者身上的黄土一层又一层覆盖，与此同时，他的躯体一点一点变得单薄，形体变得模糊不清。

布町拿着扫帚扫去床上的黄土。他心疼地看着旅行者，旅行者却用淡淡的笑容抚慰他。

布町下了山，逢人便说，旅行者身上落下了许多黄土，叫大家想个法子治好他。可周围的人忙忙碌碌，粗暴地推开了挡路的布町。水灾带来了水葫芦，也带来了更多的螃蟹和明虾，他们在保护水葫芦的同时也在大量地捞虾蟹，丰收的那种愉悦的笑容在每一个人的脸上绽开，他们在幸福的时候是想不起来有人病得要死了这件事情的，更何况这病人只是一个送信人，和他们没有任何的血缘关系。

有位老人捞了一篮子的明虾。他把虾递到布町手中，说：“那些不是你该操心的事情，你现在只需接受从天而降的厚礼。”

布町说：“可是他就要死了。”

“人都会死的，只不过是早晚的问题。”老人说。

“他死了怎么办？”布町问。

“他死了，我们会给他修一座华丽的坟茔。”老人说。

“为什么不用修坟茔的钱给他治病？”布町问。

老人说：“他是来自北方的旅行者，必须不停行走，一旦停下就意味着他要死了。这位旅行者背着北方才有的美丽包裹，在路上收下一封封信，并替我们捎来。如果没有第二位北方的旅行者来把信取走，远方的孩子是收不到回信的，收不到回信，孩子就找不到回家的路。”

“我们可以自己去送。”布町说。

老人见鬼一般捂住布町的嘴巴，脸上全是恐惧：“傻孩子，咱们是不能出去的，到了没水的地方，我们就会干死。”

“那带上水。”布町说。

“带的水是死水，”老人说，“只有活水能滋养我们。”

“那从前出去的孩子是怎么维持生命的？”布町问。

“他们是在发大水的时候顺水漂走的，无论漂到哪里，总离不开河流。”老人说着说着，眼睛迷茫起来。

重建家园的人们终于在百忙之中想起旅行者。他们如蜂般拥进布町的石头屋子，给旅行者带去新鲜的鱼虾。他们匍匐在地上，祈望旅行者能够起来把信替他们捎出去。他们的眼中充满无尽的渴望，这些渴望能够淹没旅行者的身体。旅行者为难地看着脚边虔诚的人们，几番挣扎，摇摇晃晃地下了床。这时候，从旅行者身上簌簌地落下雾一般的黄土，他一步一个趔趄，但最后终于重新站了起来，立在门口。

湿润的南方突然刮起了百年不遇的强烈的风。这天早晨，风呼啸着贴着地面蛇行，刮散了一切站立的植物。全村的人聚集在村头的圣泉边，尖叫的风刮得他们瑟瑟颤抖，站立不稳。风是从北山的缺口处来的，一路吹出悠长的哨音。

布町扶着旅行者，他的身体被风掀得黄土弥漫，布町扶着他胳膊的双手不停地被黄土覆盖，一层黄土掉落到地上，又有一层新的黄土覆盖上来。布町担忧地望着旅行者那张五官越来越平淡的脸，淡得只能够依稀分辨出鼻子和嘴，只有那双温柔的眼睛告诉布町，他的状况还好。旅行者逆风而行，他的头发被撕碎在风里，为了保护脸，他低着头。布町将他送到北山口，他回身向布町挥手告别。布町迎风，他逆风，他身上的黄土随着风用力打在布町身上，布町被眯了眼，他哭了。

布町觉得村人非同一般地自私：旅行者若是停留下来，最起码不会被风吹散了身体，可是他们却逼着他再次行走。

而布町更恨的则是自己，恨自己没能留下旅行者，给他修一个华丽的坟茔。

持续不断的风迫使人们躲在自己家里。他们点燃温暖的炉火，围着活泼的火苗吃储存下来的水葫芦，咯吱咯吱的响声裹在风里，传到北山坡上布町的石头房里。布町生火的时候，在壁炉里面发现了旅行者的鞋，那双底子被磨穿的、非常破旧的鞋。布町已经回忆不起当时旅行者是否赤脚，于是他细心地放好了鞋。他觉得，旅行者一定会再回来的，到时候全村人都要给旅行者以最高的待遇。

风一直刮到第二年的雨季，人们骂骂咧咧地再次聚集到祠堂。这一回，他们没有任何干粮——因为大风的缘故，他们没有种任何农作物，只是在不停地吃上次雨季带来的水葫芦和虾蟹。

接着，洪水来了。

洪水持续了一个多月，祠堂里的人们吃完了祠堂里的供品，开始挖墙脚的小蘑菇。小蘑菇有轻微的毒素，导致人产生接连不断的幻觉。吃了小蘑菇的人疯疯癫癫地舞蹈，他们欢快的舞步感染了那些没有吃小蘑菇的人，很快，全村的人都开始找寻小蘑菇吃，然后开起了盛大的舞会。只有一个人保持着清醒，那就是布町。他蹲在祠堂门口，捞顺水漂来的浮游生物。在冻得哆哆嗦嗦的时候，他回头看看村人毕露的丑态，厌恶地吐出了刚咽下去的浮游生物。

就在大家饿得奄奄一息，连舞都跳不动的时候，洪水退了。

老人们满含热泪地感激上天，说老天是不会为难自己的孩子的，不会把陆地上的儿孙赶上绝路。人们看到水中再次浮动着水葫芦和上游没来得及逃走的大批水生物，便冲进水里逮住它们，大嚼大咬，一时间水花四溅。

布町缄默地上了北坡。

他眺望北山的缺口，那里一片寂静，雾气蒙蒙。

这次的大水也冲进了布町的石头房子。羊圈里进了水。事先给羊儿割的草被水泡得很肥，还有一部分草在羊圈里生根发芽，短短一个月便围满了整个北山坡顶，北山坡就像是戴了一顶针脚稠密的帽子。

于是，在雨季结束以后，布町就开始日夜不停歇地放羊。他的布包里带着旅行者的鞋子，期待有一天在北山的缺口再次看到旅行者跌跌撞撞的身影。

神奇的事情发生了，北山口开始不断有人进来。人们迎上去，然后与来的人相拥而泣。是的，前些年出去的孩子都回家了，他们睁着迷瞪的眼睛，告诉家人他们收到了回信，是一块黄泥疙瘩送到他们手里的。他们从怀里掏出皱巴巴的信件，上面印满了黄泥手印。

接下来的几个月，北山口陆续有人回来，也有孩子没回家的村人哭着寻出去，找迷路的孩子。

村子从来没有像这样人群涌动过。

布町追在回家的孩子身后，问送信的人怎么样了。

孩子们的回答惊人的一致："他是一块黄泥疙瘩，走的时候也是一块黄泥疙瘩。"

布町终于找到最后一个见到旅行者的孩子，因为他是最后一个回来的。

孩子想了想，说："他背着一个巨大的花包裹，逆着风走了。"

"哪边来的风？"布町问。

"北边。"

布町的心凉了——旅行者是要回家了，回到正北方向，他可能永远不会回来了。

"他走的时候身体是什么状况？"布町问。

"他真的只是一块黄泥疙瘩，浑身只剩两只胳膊搂着花包裹，两条腿走路，"孩子说，"他老了，很老了。"

愧疚像一只巨大的手，无声地攥住了布町的心脏。

布町回到他的石头小屋。他最后一次收拾干净床铺，扫干净地面，把羊圈里的羊们的绳子解开，放它们回归山林，那里有终年歌唱的清澈溪流和肥嫩的青草，羊儿们会很愉快。

布町下了北山坡，挨家挨户地向村人告别，告诉他们自己的行程，感谢他们一直以来对孤儿布町的照顾。

一位老人送给布町一双木浆。

一位中年男人把自家的小船借给了布町。

一位年轻母亲给布町带了许多自制的芝麻米糕。

他背上简单的行囊，随身带着旅行者遗忘的鞋子和干粮，准备一路向北追寻旅行者的脚步。布町下了决心，无论如何也要找到旅行者！如果他还活着，布町就把鞋还给他；如果他死在路上，布町就要收集他身上掉落的黄土，给他修一座无比华丽的坟茔。坟茔上，将种满四季盛开并且永远不凋零的白色永志花。

战场

“你给我站起来继续跑，听见没有？”

炽热的太阳烤得他的头一阵一阵发胀，他的嗓子干得几乎冒烟了。他抬起头，汗水流进他的眼睛里面。他眯着眼，教练逆着强烈的光俯视着他，他看不清教练的眼睛，只见双唇如蚌壳一般紧闭着，坚硬的线条如同刀刻一般。他胆怯了，想站起来，双腿却疲软得不听使唤，摇晃了两下又倒了。

“不行……”他痛苦地往前探探身体，近乎匍匐了，抬头看着教练说，“可能是崴脚了。”双腿的剧痛钻心，扯着他全身的神经。

“你给我站起来继续跑，听见没有？”教练没有理会他的回答，声音又加大了。

他一咬牙，双手撑着地，竟然站起来了。教练的眼睛在逆光下虽然仍是模糊不清的一片，然而目光却如锋芒般刺痛了他的身体。他的腿全然是木的，机械地运动着，速度并不快，几乎是踉踉跄跄的。队友们体谅他，放慢了速度，他很快就赶上了队友，咧开嘴，想要友好地笑一下，然而眼前一黑，晕了过去。失去意识之前，他居然有一种强烈的幸福感，因为终于有理由倒下了。

可是，仅仅休息了半天，他就又被逼着开始了漫长、单调的训练。

跑、跳、运球上篮、全场一对一、全场二对二……一天的训练结束后，教练找他训话。他局促地坐在教练对面，不敢抬头看他。面前这个意志坚硬如同钢铁的男人，让他更觉出自己的虚弱，精神和肉体双方面的虚弱。他开始剥手指甲，剥不开的就用牙咬。教练严肃地看着他，简单地询问了他的身体状况，然后语气淡淡地说："严格些要求自己，你是和别人不一样的。"

窗外的一缕光从教练背后射进来，逆着光的教练像一尊不容侵犯的神像，巍然屹立在他的上方，无论何时，这位置没有变过。

他面前坐着的是个狂傲不羁的孩子，头发不服帖地一根一根立在脑袋上，龇着一排贝壳般洁白整齐的牙齿，倒吸着气。

"疼死我了！你知道吗？我怎么继续跑？"语气中没有疼痛的成分，倒是充满挑衅，似乎是对他的诘问。

他微微愣了一下，俯视着抱着双腿叫唤的男孩子，他的上身如同牙签一般直挺，一双细小的眼睛上扬，不服气地瞪着他。他的迟疑令男孩子抓住了他的软肋，男孩子夸张了自己的疼痛，加大嗓门呼喊着，他那挤皱的小脸像是吃了酸东西一般。

这张皱巴巴、苦涩的脸。

他现在依然记得那种钻心的疼痛，疼得几乎站立不稳，这么多年过去了却依旧鲜明。男孩子此刻会不会在体会着和他相似的疼痛?

汗水纷纷落下，地面上湿了一片。

他们对峙着。

高考前的强化训练，让人难以忍受的疲惫与呵斥，光亮刺眼的球馆，他一直记恨教练的严厉和不近人情。教练基本不笑，那两片紧闭的嘴唇，上唇时常弓起露出两颗门牙凶人，眼睛往外倾倒狠劲儿。他尽量避免和教练对视，不得已看到他的眼睛时，就飞快地躲开，对于教练的命令——有理的和无理的，他不敢有任何违抗。

在赛场上，教练在场外嘶吼：“回防！回防！”他每次听了这样的叫喊就不由自主地腿软，无论发挥失常与否，无论比赛输赢，他退场的时候都会被教练拿篮球闷头砸上一记。

“呆头呆脑！”教练骂他。

鹰隼般的锐目逼迫着他，然而又不能恨，他只能闷头承受。

这教练，是严师，更是父亲。

他的神色恍惚起来。

第一眼见到这个男孩子，他便被男孩子孤独的气质吸引了。训练结束后，孩子们围在一起说话，这个孩子却如离群小鹿一般地停留在田径场上。他便上前陪男孩子慢跑。

男孩子刻意拉开与他的身体的距离。

他问：“你怎么不和他们一起？”

“人总是需要独处的，”男孩子慢悠悠地压低声音说，“我不是群居动物。”

他说：“你不与他们形成一个团队，就一个人？”

男孩子撇撇嘴，突然加速，轻盈灵巧地越跑越远，远远地，男孩子冲他大喊：“我一个人也能赢了比赛。”

闷热的下午，坐满了观众的赛场上人声鼎沸，欢腾的热气令人眩晕。男孩子挥汗如雨。他在场外冷静地观察男孩子，很明显，他有些撑不住了，咬着牙，手拄着膝盖，虎视眈眈地盯着他所防守的对方队长。趁他不备，对方队长狡黠地一笑，身子往右一闪，男孩子出于本能随着他往右。谁料这只是一个假动作而已，对方队长轻松绕开了他，投进了一个漂亮的三分球。场上开始喧闹，一片尖叫和骂声。

男孩子唇色苍白，在场中央摇晃了几下，膝盖一软，跪倒在地。男孩子惊慌的目光望向他，他微微眯起眼睛，点点头，无言地示意：没有关系，他能理解。

时间到了，比赛的第二节结束，休息时间到了。

男孩子疲倦地依靠在椅子上。这时，几个队友上前来看男孩子，脸上貌似充满关切，其实是等着男孩子下场，由他们代替。他是成年人，虚假做作的成分一眼就能看出来。男孩子不耐烦了，忽地站起来，正要张嘴，他却中途拦截道：“打篮球不是为了进攻、防守、扣篮，是要团结。”男孩子听罢眉毛一挑，不知是服软还是身体虚弱，又跌回椅子上，刘海下一道锐利的目光直直地投向他，目光中的心照不宣使他不禁有些汗颜。

篮球馆的观众席上空无一人，只有单调的篮球击地的砰砰声。最关键的最后一个上篮，他无意间从胳膊的缝隙中看到评委席里一双目光凌厉的眼。他顿时慌了，手脚不知放在何处，越是慌越是错，越是错越是慌，最后他惨败了。然而，他还是上了一个好的大学——父亲托的关系，靠爷爷的面子，因为他们家是篮球世家。他感到了耻辱，不情愿将自己埋在父辈的荫庇里。在升学的宴席上，他想一声冷笑，蔑视这一切，但父亲恨铁不成钢似的用一只手捏着他的肩膀，力度大得几乎能把他的骨头捏碎。他咬紧了嘴唇，忍住这非同一般的疼痛，将要挣脱的想法抛之脑后，默默地承受着。

父亲偏爱白色的球衣，每次训练完都要求他立即把汗湿的队服脱下来用冷水洗净，不许用洗衣机绞，说会绞坏纤维，只能手洗。他累得浑身酸软，洗着洗着就能睡着。等他把衣服晾上，床上又放好了一套折叠整齐的白色球衣。他恨白颜色，是这些白颜色使他的成长充满了苍白的反抗，苍白的反抗后面是更苍白的妥协。

四岁的时候，他就开始跟着父亲打球。球场上只有教练和学员，没有父与子。

小小的他细细的身子，长胳膊长腿，动作灵敏，如同一只猎豹，有着得天独厚的运动优势——这来自父亲的遗传。在一对一的全场传球上篮中，父亲按成人的标准要求他，他喊累不算数，直到父亲累了，他才被允许休息一会儿，喝点儿水。母亲心疼他，经常跟父亲吵架，父亲态度强硬地反驳母亲。说得次数多了，父亲便加大了他的训练强度，向母亲示威。

九岁那年，他的胳膊在训练中脱臼，母亲和父亲大吵了一架，之后，母亲带他住在外婆家，赌气再不回家。那是他童年记忆中最快乐的日子，整整一年，他每天都可以痛痛快快地玩，不用起早贪黑地训练。他的体力好，和小朋友玩耍时，常常是小朋友们已经疲倦不堪，他却不见异样。一年过后，父亲把他和母亲接回了家。可能是母亲看他每天这么荒废着不是办法，出于对他前途的考虑，向父亲妥协了。

一次训练结束后，他累得寸步难行。母亲背着他回家。伏在母亲背上，他哭着问：“为什么我必须打篮球？”

母亲默默地给他擦擦眼泪，牵着他的手进了一间屋子。这间屋子通常是锁着的，从不让家里的孩子进。

母亲打开了门，房间里贴着墙立着许多高高的木架子。屋顶很高，他将脑袋仰得高高的。当母亲打开灯的那一瞬间，他惊呆了——他只知道这间屋子里放着爷爷和爸爸的团体奖杯、个人奖杯、荣誉证书、奖牌，但是没有想到居然如此之多。他一瞬间眼花缭乱。桌子上的奖杯金光闪闪，灼着他的眼；满墙都是合影，和领导的、和体协主席的、和国外友人的……照片上两代人的脸并不相同，但是都有相似的骄傲的笑。他从此顿悟了。

于是他说：“那我就打篮球吧。”

还是个孩子的他为自己的未来选了一条路，虽然还不了解其中的艰辛，但是他选择了。别的不考虑，就为这满墙的荣誉。

父亲很满意他的身体条件，就像是收藏着的绝世珍宝。一日三餐，父亲给他的营养餐搭配得近乎完美，他的身体飞速长高，快得能听见拔节的声响。有时候他悲哀地觉得父亲并不爱他，他不过是父亲浇灌的一棵植物，等他成材了，便砍了，卖个好价钱。

“加油！”观众席上一个细弱的女孩的声音传来，虽然很快就被人声淹没了，但他还是清晰地辨出了来源。她在人群中坐着，穿着和他一样的队服。他温和地冲她笑了笑。

中场休息时，他正与她面对面站着谈笑，父亲突然如山一般插在他们俩中间。他虽然比父亲高，此刻却矮得几乎没了踪影。

父亲的大嗓门彻底击碎了他的自尊，掺杂着汗味的洗衣粉的味道，热烘烘的，劈头盖脸地袭入他的鼻腔。或许是压抑了太久，或许是因为身边有他喜欢的女孩在看，为了面子，为了在单方承受的训斥中找一点儿刺激，他玩世不恭地抬起脸，反问道："我又做错了什么？"

他的反抗动静不大，但是史无前例，队友都停止了手中的动作，寂静遍扫整个篮球馆。这诘问彻底触怒了父亲，他有些不敢相信地瞪着儿子，似乎儿子刚刚说了一句大逆不道的话。接着，父亲一声冷笑，斜着眼，说："你的每一个动作都是错的。"

"为什么？"他把手中的篮球猛地往地上一砸，弹得老高，他怒吼，"为什么总是针对我，我还是不是你儿子？"

篮球弹向高空，继而又下落，直直地砸向父亲的脑袋。父亲抬起脸看篮球，凭多年的躲避技巧，他本可以躲开，然而他并没有。他望着篮球，露出一抹奇怪的笑，于是篮球准确无误地砸到他的鼻子上，血从他的鼻孔里奔涌而出，淌向他的前襟，白色的运动服上出现了两行清晰的血迹。他有些慌，伸手想替父亲捏住鼻孔，父亲倒是很灵敏地偏偏头躲开了。

父亲还在笑，他说："你的心态没有摆正。你当我不知道，你是怎么把比赛打成一场花样篮球秀的？"

他没有再说话。是的，什么都瞒不过父亲的眼睛，那一双如鹰隼一般锐利的眼睛。

的确，因为想要显摆，他玩了很多花样，整场篮球赛中数他花样玩得最多：运球时不循规蹈矩地运，却让球满身乱滚；投中了球还不忘回脸笑一个……

然而他说："花样篮球怎么了，这场比赛不还是给你胜了吗？"

父亲从兜里掏出纸巾，仔细地拭去血，拭得非常干净。父亲说："一直以来，我强调的都是态度。你的态度很有问题。我是要输赢吗？我要的是你明白，有些事情不能只注重结果，过程同样重要。你玩花样是对对方的不尊重。你记住，这可不是你一个人的比赛。"

说完，父亲大步地走了，背影微微佝偻，却丝毫不影响他的风度。这是一个成熟男人由内向外所散发的魅力，而不是作秀做出来的。父亲边走边擦拭自己的鼻子。他立在场地中央，突然感觉自己的行为无比幼稚和愚蠢。

那晚，父亲在餐桌上喝了许多酒，喝得脸和脖子像油焖龙虾一般红，眼睛已经没了聚焦点，迷迷糊糊地望向桌子对面的他。他劝父亲："不要再喝了，回屋躺着去吧。"父亲笑嘻嘻地给他斟酒，说："你是不是对我不满？"

他没料到父亲这么直白地问自己这个。他本想说没有不满，然而父亲却不等他回答，便滔滔不绝地继续说下去："我知道，你从小就恨我，因为我确实不近人情。我对你确实跟对别人不一样，我承认，有时候我就是故意的，你对我有不满是正常的。当年你爷爷就是这么训练我的，甚至比这还狠。我对你已经很心慈手软了。人就是要承受些东西的，有的东西承受得毫无意义，有的东西则相反。你们这群孩子生活得太幸福了，我不是非要你忆苦思甜，我没有那么形式主义，但是有些东西必须亲身体验才能有所感悟，才能使你成长。大道理说多了没有意义，有时候你说得比我还头头是道。儿子，真正的道理是说不出来的，自己个儿心里明镜儿似的，就是表述不出来，不是表达能力的问题，语言其实是很苍白的东西，我说的这些就很苍白无力。我想你长大以后能踏实一些，不光是打球，生活里也是一样。你们这一代真的很容易浮躁，浮躁的人注定一生庸庸碌碌。只有让灵魂贴着地面行走，才能知道生命的重量。”

灯光十分强烈，照得父亲的脸一览无遗。父亲已经不是他记忆中那个钢铁般的男人了：他的两腮的肉不再紧绷，而是有了下垂的迹象，鼻子两侧毛孔粗大，眼袋浮肿，目光不知什么时候已经没了年轻时的锐利，是的，他已步入迟暮之年。他心里涌起一阵无奈的怜悯，父亲曾经的强健和现在的衰老，使他无限伤感起来。

他陪父亲喝了一夜的酒。

这场对峙是时候结束了。他提醒自己。

“你起来。”他的声音十分冷静。

男孩子的嘴角浮现出一抹勉强的笑，说：“我真是跑不动了，你就让我歇会儿呗？”

说罢，他咬住了被风吹得干裂的下唇，眼睛里满是恳求。

他以前从没像这样恳求过他的父亲，他只是坚忍地承受来自外界的一切。

男孩子的态度使他很不舒服，于是他很干脆地回绝了。

“你给我站起来继续跑，听见没有？”他凶巴巴地掐着腰。

男孩子突然盘腿坐在地上，用胳膊环着自己，下巴抵在膝盖上，一副毅然决然的样子，看来他是不准备起来了。僵持了大概一刻钟，他静静地在男孩子身边站了一会儿，想了一想，也跟着男孩子坐下来，看着男孩子越来越棱角分明的侧脸和唇上一层软软的绒毛。男孩子不看他，眼神明显在闪躲。

“你是不是对我不满？”良久，他问。

“是，”男孩子直率地说，“我很不满。有时候，你太不近人情了。”

他说：“有些事情不是由着自己性子来的，不是你想怎么样就怎么样。”

“为什么？我自己的事情我怎么还不能做主？”男孩子转过脸反驳，倒不像累坏了，而是硬着头皮要和他一决高下。

“没有为什么，要是真想知道答案，那就坚强地承受生活给你的一切吧，你会有所收获的。这还只是你身体上的苦，将来你会承受更多的苦难，到那时就不仅仅是身体上的了……”他若有所思地望向跑道的远处，“现在跑或者不跑完全取决于你，你觉得有意义就站起来，继续跑，你觉得没意义，那就从此不用再跑。你可以选择其他的路，但我事先告诉你，每一条路都有它的艰辛，不是很轻松就能到达终点的。”

大风呼啸而过，男孩子在风中摇晃了几下。

看得出来，他在思考，脸上那种挣扎开始逐渐消退，他的上身已经坐直了。

终于，男孩子用双手支撑住身体，咬着牙像是将身体从地面剥离开一样一跃而起，高高地站直了，阳光为他勾勒出一个冷峻的侧影。

他无声地笑了。

·

他们都赢了这场战争，十几年前的他以及现在的男孩子。

月光

弯弯月光下，蒲公英在游荡，
像烟花闪着微亮的光芒，
趁着夜晚，找寻幸福方向，难免会受伤。
弯弯小路上，蒲公英在歌唱，
星星照亮在起风的地方，
乘着微风，飘向未知远方，幸福路也许漫长。
难过的时候，谁在身边，陪我掉眼泪。
失败无所谓，你在左右，月光多美。
弯弯月光下，我轻轻在歌唱，
从今以后，不会再悲伤。
闭上双眼，感觉你在身旁，
你是温暖月光，你是幸福月光。

王心凌——《月光》

一

陈悦看着已经熄灯的声乐教室，几经犹豫，还是走了进去。

合唱团的学生们刚刚离开，仿佛前几秒还有他们的欢声笑语，空气中似乎还留有谁身上的香水味，是淡淡的柑橘香气。

一抹月光从窗外流淌到地面上，陈悦呆呆地盯了一会儿，点亮了门前的一盏小灯。

小灯照着黑板上的乐谱与歌词，是合唱团的学生在为明年盛大的国际比赛做准备。她们真的好幸运啊，不仅能站在灯光明亮的舞台上唱歌，还能每天近距离地欣赏乐队指挥东方老师。

东方老师其实是学校为了能赢得比赛，从艺术学院聘请的指导老师。他本身也还是个大三的学生，因为年纪比大家大不了多少，外形又十分俊朗，所以很快就和大家打成了一片。听说最近他正在为合唱团寻找主唱，陈悦也不知道自己是怎么着的魔，明知自己是不可能登台的，却忍不住偷偷摸摸在大家都走了之后潜入声乐教室……

桌子上随意摊开着一个笔记本。陈悦翻了翻，是东方老师手抄的曲谱。

陈悦找了一页自己喜欢的曲谱，下意识地向四周看了看。这个时间当然没人了。她不禁苦笑了一下。她特地挑选这个时间段来声乐室，就是为了躲开其他人。

她坐了下去，把笔记本摊开，轻轻哼唱着这首没有歌词的曲子。声音先是小小的，随着曲调越来越高，她也越来越自信，音域也越来越广。

陈悦激动极了，她能清晰地听到自己的声音在教室里，甚至是走廊里回响，这跟在家里蒙着被子练习的感觉完全不一样。

她完全忘情了，甚至把外婆刚刚去世的悲痛也淡忘了，蒙眬中，她似乎能看到外婆弹着钢琴，教年幼的她唱歌的场景。

“谁在唱歌？”走廊里传来了东方老师的声音。

陈悦吓得丢下乐谱，弯着腰躲进了储物柜，并小心地关上了柜门。

十几秒后，音乐教室灯火通明。

“刚才谁在这里？”东方老师年轻的声音在教室里回荡着。陈悦多么想推开柜门走出去，可是她不敢。直到东方老师拿走了忘掉的乐谱，关上灯后，她才从柜子里出来。

陈悦舒展了下因为蜷缩而酸痛的四肢，教室又被明净的月光笼罩了，刚才的一幕像没有发生过一样。

她被东方老师一吓，不敢再逗留，便匆匆离开了教室。月光下她的影子被拉得细长，显得孤单而落寞。

二

陈悦是一个害羞的女孩子。

有多害羞呢？她甚至不敢正视陌生人的眼睛。别人问一句，她就答一句，惜字如金。

见过陈悦的人都不会对她有太深刻的印象，谁让这个女孩的气质清淡如水呢？其实陈悦笑起来蛮漂亮的，整个人都神采飞扬。但这是她的好朋友范晓阳说的，陈悦自己并不相信。

她有时会照照镜子，找一找自己身上的闪光点，得到的结论却是——自己毫无闪光点。

陈悦不像范晓阳一样，长着浓浓的眉毛和黑而翘的睫毛，有着一头乌黑的头发和白皙的皮肤。陈悦的发丝偏栗色，眉毛与瞳仁也是一样。她的发量不多，细细地在脑后扎成一束。她的眼睛不大也不小，笑起来眯成一条缝。她的鼻子倒是随外婆，又高又挺，范晓阳就很羡慕她的鼻子，常念叨着自己的鼻子要是这么挺就好了。

陈悦的脸很瘦，下巴尖尖的。自从外婆去世后，她因为心情郁闷，瘦了不少，下巴显得更尖了。这样的自己，看上去真是寡淡极了。陈悦叹了口气，放下镜子，开始认真地写起作业来。

晚上写完作业后，陈悦向妈妈申请上网一个小时。因为陈悦学习的自觉性很强，成绩也一直保持中上等，妈妈便允许她每天晚上八点至九点可以上一个小时的网。

陈悦登上了 QQ，习惯性地打开“阳光”的分组。范晓阳的 QQ 头像灰着，而他的头像却亮着。虽然加上他的 QQ 号有一段时间了，但却一直没有与他聊过天。很多次，陈悦都点开他的头像，看着他的资料发呆。她也曾写了蛮长的一段开场白，却没有勇气发送出去。

他是陈悦班上最耀眼的阳光。

陈悦的手指在键盘上停留了良久，才鼓足勇气敲出这么一句话：“这么晚还在线吗？早点儿睡觉吧！”

对方没有立即回复，陈悦便紧张地盯着屏幕，屏气凝神地等待着——对方的对话框上显示着“正在输入”。虽然早就加上了他的 QQ，今天却是第一次与他说话。陈悦的心脏跳得十分快，甚至都有点儿缺氧了。

终于，他回复了：“你不是也还没有睡觉吗？对了，今天那道英语大题的答案是什么？你写好了吗？”

陈悦松了一口气，看来他也没有那么拒人于千里之外。她赶快把答案发给了他，唯恐出错，发送之前还反复检查了几遍。

“怪不得范晓阳一直夸你英语好，还真是！我怎么没想到这道题可以这么回答呀！陈悦同学，看来以后还得多向你请教！你很喜欢英语吗？”他打了很长的一段话过来。

陈悦斟酌了许久，回复道：“英语一般，我更喜欢音乐，因为外婆是音乐老师，所以从小跟她学过一点点，很感兴趣。”

发送后，陈悦自己都很惊讶：她想不到自己会说这么多话，会对他主动谈起外婆。

“那你唱歌一定好听喽，怎么没有报名参加合唱团？”他问。

陈悦沉默了。她有些莫名的恐慌。于是，她匆匆跟他告了别，说了再见，下了线。

洗漱的时候，她被镜子里神采飞扬的自己吓了一跳。她捧了一些水，拍在自己的脸颊上，镜子里的自己才慢慢恢复了平时安静的样子。陈悦这才暗暗松了一口气。

原来被人夸奖和认可，感觉会这么好。

三

第二天早上，陈悦还没走到教室，就在广播室门口被范晓阳缠住了。

“陈悦，听说没，东方老师找到主唱了！”范晓阳八卦地说。

“哦，是谁啊？”陈悦平静地问。

“恐怕连东方老师自己也不知道吧！”范晓阳笑嘻嘻地说，“你听广播，每隔半小时就会播一次！”

陈悦不知道范晓阳藏着什么心思，便径直往教室走去。而广播里，东方老师的声音果然如范晓阳说的那般响起：“各位同学，昨天晚自习放学后，谁去声乐教室练习唱歌了？我觉得你的声音非常好，音调也非常准，诚心想邀请你来合唱团做主唱……”

陈悦听后，心缓缓一沉，手心里出了汗。然而她还是故作镇静地对范晓阳说：“有意思了，不知道是谁呢。”

“就是，东方老师也真够逗的。他刚刚已经来班里问过了，还要在广播里找，也不知道这个人唱得有多好……”范晓阳突然笑道，“不会是你吧！”

陈悦愣了一下，看着范晓阳狡黠的目光，摇了摇头。

“快别撒谎了，咱俩都玩了这么多年了，我还不知道你……”

陈悦没有回答，她的目光被他看书的侧影吸引住了。

他的座位靠着窗户，光线很足，整个人都沐浴在晨光之中。

“你不会还没开始跟周晨说话吧？”范晓阳不怀好意地笑着。

陈悦脸红了：“昨天说了。”

“说的什么，快告诉我！”范晓阳贼兮兮地捅了捅陈悦的胳膊，“还是我帮你要的 QQ 号呢，快跟我汇报一下！”

陈悦立刻岔开了话题。她觉得自己的脸肯定像极了秋天的柿子，红透了！从最初进班时，陈悦就留意到了周晨。他是个很阳光的男生，因为性格开朗，被老师任命为班长。而范晓阳是宣传委员，两个人因为班委的工作，平时会走得近一些。被范晓阳提得多了，陈悦开始对周晨产生了好奇心，但是一直不敢上前跟他说话，即使他一直都是很随和的样子。

可能每个女孩心中都有这么一个人吧，明明就在自己的附近，却怎么也开不了口与他交谈，一张嘴，似乎两人立刻就疏远了，反而沉默着才显得亲切，或许这正是“世界上最遥远的距离”吧。

广播又一次响了。周晨抬起头，专注地听着，嘴角挂着一丝笑意，看上去很感兴趣的样子。陈悦脑海里忽然闪过一个念头：假如他知道那美妙的声音属于自己，会不会对自己多加注意呢？

陈悦被自己的念头吓了一跳——她完全不敢想象自己在众人面前唱歌的样子，一定尴尬极了！她快速低下了头，开始早读，然而心里却一刻也不能平静。

四

又是一个令陈悦开心的六十分钟。

她发现，周晨每天这个时候也都在线。

“又见面了，”周晨主动跟她打起了招呼，“你猜猜看，那个东方老师寻找的声音会是谁呢？”

“你也感兴趣吗？”陈悦忐忑地问。

“当然了！我听过东方老师唱歌，唱得特别专业。如果连东方老师都打动了，那个声音一定非常好呢！你知道是谁吗？”周晨打了一段文字后，发了一个笑脸过来。陈悦看着那个笑脸，立刻想起周晨温文尔雅的笑容来。

陈悦没有回答他，因为她不知道该如何回答周晨：一方面，她并不想撒谎，因为周晨是那么好的一个男孩，陈悦不想欺骗他，可是，她又很害羞，不知道承认了是自己后，周晨会不会相信呢……

周晨见她许久没有回复，就又问了她一道英语题，之后便下线了。

陈悦看着他变灰了的头像，再三犹豫，还是敲下这么一段话来："周晨，其实东方老师一直在寻找的那个人就是我。我从小跟着外婆学声乐，有一点儿功底，也很想参加合唱团。可是前段时间我的外婆去世了，我心里十分难过，之后就发现自己无法在别人面前唱歌了……我也不知道自己是怎么了……只有在晚上，声乐教室的人都走光了，我才敢过去练习一会儿，当然了，我没有听众，陪伴我的只有一屋子的月光……我似乎说得太多了，恐怕你再上线会觉得反感吧。我想知道的是，你希望我去找东方老师主动承认吗？只是事情闹得那么大，现在全校师生都知道东方老师在找那个无名歌者。咱们班里除了范晓阳，谁也不知道我会唱歌，只怕我去了，大家也会质疑我的吧？你相信我吗？

"对了，圣诞节要到了，你想要什么礼物呢？估计送你礼物的人很多吧……"

陈悦看了看电脑桌上她用毛线编织的一束满天星，脑子里面乱糟糟的。这份礼物她两个月前就在准备了，用了铁丝、白色和绿色的毛线，做成小小的、沉甸甸的一束。

满天星的花朵很不起眼，只有数量多了才会引人注意。

陈悦惆怅地抚摸着这束花，心里想：倘若周晨支持自己参加合唱，自己会不会去报名呢？

五

自从进入十二月份后，一直断断续续地下着雪。陈悦特别喜欢雪，可是校园里的雪都被大家踩得脏脏的，她便独自上了天台。

这里的雪也不是十分洁净，因为有一排孤零零的脚印一直印向远处，天台的一角有个女孩坐着，看背影便知道是范晓阳。

一向外向开朗的范晓阳也有惆怅的时候啊！

陈悦走上前去，拍了拍范晓阳的肩膀。见是陈悦，范晓阳勉强笑了一下，算是打了招呼了。

“这是怎么了？”陈悦问。

“唉，月考的英语成绩不好，被老爸骂了，他还将家里的无线网关了，不让我上网。除非我这个月能考好，下个月才可能让我上网，”范晓阳团了个雪球，狠狠地扔向远方，“当学生真的很没自由啊！”

“我可以帮你补习英语啊，”陈悦安慰着，“只是一次月考，又不是中考。”

“喂，”范晓阳忽然怔怔地看着陈悦说，“我真的很羡慕你啊，陈悦。”

“我？”陈悦有些惊讶。

“是啊，你的英语成绩那么好，唱歌又棒，这都不是最重要的，重要的是你怎么一直能保持心静如水的状态呢？无论遇到什么事情，你都波澜不惊，想得很开。我就不行了，老爸给我个下马威，我的心情就会变差，好几天都开心不起来。现在不让我上网，我就……”她懊恼地叹了口气，没说下去。

“我啊……”陈悦与她并肩坐下来，看着远方重重叠叠的白色屋顶说，“其实我也有不开心的时候，只不过我会压抑下去……就像外婆离开后，其实我已经十分伤心了，可是日子还要继续。妈妈比我更伤心，我不能陪她一起哭呀，只能偷偷地唱歌给自己听，就当是悲伤的宣泄口。何况，还有你陪在我身边。”

说到这里，陈悦想起来，周晨已经将近一周没上线了。他没有回复她说的话，QQ 头像也没有亮过。不知道他是不是厌烦自己了……陈悦难过地暗自想着。

两个女孩一时间都不说话了，各怀心事，静静地望着大雪覆盖的城市，这座城市有着前所未有的洁净，衬着星星点点的灯光，在夜幕中格外动人。

六

自从那天之后，每天的课外活动时间范晓阳都不再出去玩了，她开始恶补英语。这时候，陈悦能做的只有陪着她一起做习题。

圣诞节这天是周四，大家都在班里交换圣诞果。

范晓阳送了陈悦一篮子苹果。她说：“圣诞果不就是苹果？费那么大劲儿包装，不如直接给你一篮子苹果实惠。”陈悦有点儿内疚——她忘了给范晓阳准备圣诞礼物了，包里只放着准备送给周晨的线织的满天星。

不过范晓阳并没有生气，甚至大大咧咧地拍了拍她的肩膀：“好啦，我允许你明天补上！”

陈悦抿嘴笑了笑，看着范晓阳认真学英语的样子，打算出去买杯奶茶犒劳她一下。

陈悦背着单肩布包，里面装着送给周晨的满天星。她不敢在班里送，因为周晨身边一直围着很多人。

外面依然雪花飘舞，她深一脚浅一脚地穿过半个操场，往校外走去。

饮品店里人很多。她点了两杯炭烧奶茶，拿着号码牌等奶茶的时候，忽然听到一个熟悉的声音。

“来一杯柠檬茶，热的。”

陈悦的心跳顿时加速了。

她侧过脸看，是周晨没错。

周晨也注意到了陈悦，友好地一笑：“这么巧，你也在啊。”

陈悦低下了头，不敢看周晨。

因为点柠檬茶的人不多，周晨先于陈悦拿到了饮料。但他并没有立刻离开，而是礼貌地等着跟陈悦一起回去。

陈悦拿到奶茶后，生平第一次与周晨并肩往学校走去。

他们谁都没有说话，只能听到脚下的雪咯吱咯吱的声音。陈悦一直在纠结要不要把满天星给他，这会儿校园里没有什么人，正是送礼物的好时机。

“那个……周晨，谢谢你前几天一直陪我聊天！我的状态真的好了很多！”陈悦快速地说着，好像这句话很烫人似的。

“唔？什么意思？”周晨一脸疑惑，停住了脚步。

雪越下越大了，陈悦几乎看不清周晨的表情。

“我加了你的QQ，前段时间一直在跟你聊天呀……我的网名叫‘月光’。”陈悦提醒他。

周晨认真地看着陈悦说：“恐怕你弄错了吧，我很久没有聊过QQ了。”

漫天的雪花迷住了陈悦的双眼。她用力揉了揉眼睛。周围安静极了，她只听得见自己慌乱的呼吸声，以及落雪的簌簌声，一阵急过一阵。

七

一圈又一圈，陈悦不知道绕着操场走了多少圈。

玩雪的学生在听到自习铃声后纷纷回了教室，唯独陈悦，手里还拎着两杯冷掉的奶茶不知所措。

周晨说他不玩QQ，也很少上网，那么每天跟她聊天的是谁?

失落、懊恼、羞耻、慌乱等等情绪一起袭上她的心头，她流下了眼泪，温热的泪水很快在脸颊上变得冰凉，滴进了脖子里。

不知过了多久，天已经完全黑了，雪也渐渐停了，天阴沉沉的。陈悦不敢上楼回班，她怕碰上周晨。

一个小小的黑影远远向她走来，陈悦抬起头，辨识着来人。

是范晓阳。

范晓阳远远地喊了一声：“陈悦，是你吗？”

陈悦带着哭腔回答道：“是我。”

范晓阳听她的声音不对，飞快地跑了过来。她看着满脸是泪的陈悦，什么都没有问，而是轻轻给了她一个拥抱。

“你一直没回来，我有些担心，就下楼来找一找。”范晓阳小心翼翼地观察着陈悦的表情。

“我丢脸死了！刚刚我跟周晨碰上了，问起他QQ聊天的事情，他说没有跟我聊过天……”陈悦苦着脸说，“丢人丢大了……”

“对不起。”范晓阳忽然说。

难道范晓阳什么都知道？几乎是朋友间的直觉，陈悦心中忽然明朗了。

早该猜到了啊！为什么范晓阳给她“周晨”的 QQ 号的时候神秘兮兮的，为什么这个“周晨”的 QQ 空间里什么都没有，为什么“周晨”一直问她关于英语题目的事情，为什么范晓阳无法上网后，“周晨”就再也没有上线过……

“陈悦，你不要生气，听我说……我没有恶意的，只是看你每天情绪低落，连唱歌比赛都没有兴致参加了，我劝你又没有用，想着或许冒充周晨，你能听进去他的话，就申请了一个 QQ 号，骗你是问周晨要的……”范晓阳也哭了，她怕陈悦生气，会跟她绝交。

“对不起，我没想到你会跟周晨说起这件事情，平时的你看上去那么内向，我以为你不敢找他说话的……对不起，真的……”

陈悦不知道该说什么好了，她不哭了，反而去帮范晓阳擦眼泪。

“我去跟周晨解释清楚，现在就去解释，告诉他这一切都是我搞的恶作剧！”范晓阳急切地说，“放心吧陈悦，我一定把烂摊子收拾好！我只希望你能快乐一些，你要相信我！”

“其实该说对不起的人是我。”陈悦心软了，望着范晓阳泪水涟涟的面庞，她觉得，心中某处地方开了个口子，有滚烫的液体流出来，温暖着她的全身。最委屈的人其实不是自己。她发现，自己才是错的那个人。她已经不再为了周晨的事情苦恼了，甚至觉得刚刚的事情还挺滑稽的。

“晓阳，是我不好，只顾沉浸在自己的悲伤中，却忽略了你，甚至连圣诞礼物都忘了给你准备，”说着，她拿出那束满天星，“这本来是我想送给周晨的圣诞礼物,感谢他这些天一直开导我。现在我才知道那个 QQ 背后的人其实是你，所以这是你应得的。”

范晓阳拿着满天星，她不知道，满天星的花语其实就是“暗地里无私奉献的感情”。范晓阳之于陈悦又何尝不是呢?

“那个东方老师一直寻找的人，其实就是你吧？”范晓阳慢吞吞地说。

陈悦点了点头，果然最了解她的还是范晓阳呀!

“我希望你还是能去试一试，”范晓阳真诚地说，“你的嗓子那么好，为什么要妄自菲薄呢？不为任何人，就为你自己，也该去试一试。”

陈悦的鼻子酸了，她轻轻一笑，拉着范晓阳的手，打算回班级了。她忽然觉得生活是如此美好，尤其是经历过刚刚的小波折后。

天上的乌云逐渐散去，一弯新月悬挂在深靛青色的夜空，月光洒在平整的雪地上，雪地上印着两个女孩子歪歪扭扭的脚印。陈悦觉得，她应该去试一试合唱团，不仅仅是为了身边这个好朋友范晓阳，还有已经逝去的外婆。

她想，即使是月亮，也应该有自己的光芒，月光就是来自于太阳的反射啊，虽然只在夜晚发光，却也是阳光的一种，不是吗?

不向日的向日葵

向日葵对着太阳开放，并且随着阳光的转移挪动自己硕大的花盘，是因为在它的花朵背后，有一处敏感的地方，十分畏惧那抹让人无法直视的日光。

——前言

一

睡梦中，小城似乎又回到了外婆家。

还是那条熟悉的水路。水路的尽头就是外婆家。

浓重的水汽扑面而来，小城欣喜地站在船头，前方是一望无际的水面，静得犹如一面镜子，船桨划过丝滑的水面，激起一圈圈温柔的涟漪。有人在雾气中唱歌，嗓音嘹亮而熟悉，歌声婉转而高亢，听上去十分像外婆在河边洗衣服时哼的小调，但仔细听去，也不全像。因为在小城的记忆中，外婆的声音是沉稳的、清透的、令人感动的，而这个声音却十分缥缈，令人捉摸不透。

雾越来越浓，氧气也随之愈发稀薄，令人无法正常呼吸。

气温好低啊，小城起了一身鸡皮疙瘩。他用胳膊环抱着自己，继续向前张望着。

哼唱声逐渐清晰了，在河岸的右边蹲着一位老人，她专心致志地洗着手里的衣服，在她的脚边还有一个堆满衣服的大木盆。

这个场景如此熟悉！虽然看不真切她的脸，但小城知道她肯定就是外婆！有多少次回家时，外婆就是在这里等着他们，看到他们乘船而来，就绽出一朵大大的微笑。

“外婆——”小城激动地喊道。自从过年后，他就没再见过外婆了，路途遥远、学业繁忙……这些都成了不再回家的理由。

前面的老人猛地抬起了头，却是一张陌生的脸，一张极冷漠的脸。

小城吓得一激灵，连连往后退。

二

小城睁开眼，却被白花花的灯光逼得闭了回去。

“你醒了？”一个稳重浑厚的男低音在他耳边响起。

他努力回忆，却一无所获——他的大脑中没有关于这个声音的任何记忆。小城想用手挡住刺眼的灯光，但金属冰痛了他的眼皮。小城惊恐地睁开眼睛，见到自己的右手腕上赫然戴着一副手铐！而他面前坐着的，是一位穿着整齐制服的警察！

他见小城已经从沙发床上坐了起来，就起身给他倒了一杯茶。小城嗅到一股好闻的茉莉花香味。

是气味雅致的茉莉花茶。

热气腾腾的茶顺着他的食道到达胃部，他才发觉自己十分饿，紧接着，记忆犹如茶水一般缓缓暖着他的身体，他想起了一切……

在文体用品店里，他像往常一样偷了两罐水粉颜料。本来这是每日的“例行功课”，不会被人发现，“熟能生巧”这句话一点儿也不错，但“常在河边走，哪有不湿鞋”这句话也是对的，所以，小城在离开文体用品店的时候被店主发现了。

如果放在平时，小城一定能够逃脱，他奔跑的速度还是很快的。可是今天不同，在他就要奔出店门的时候，一个进来买东西的人绊倒了他。小城又急又臊，加上早饭和午饭都没吃，眼前一黑就晕了过去。

在失去意识前，小城心想，这下完蛋了。

三

“你说，为什么偷这些东西？”警察指着桌子上的两罐水粉颜料问。在他的印象中，小偷对钱、手机、首饰等贵重物品十分青睐，个别的会偷食品，却头一次见如此“文艺”的小偷。警察眯缝着眼审视着面前瘦弱苍白的少年，竟对他产生了极大的兴趣。

小城抿了抿嘴唇：“画画。”

“你是个画家？”警察饶有兴趣地看着他。

“不是，”小城迟疑地摇了摇头，“我是个学生。”

“你家里还有什么人，让他们来领你吧，损失由监护人负责，”警察开始专注于笔录，“姓名、年龄、家庭住址都说一下。”

小城不说话，他执拗地不肯开口。

“你不说我也知道。”警察嗤嗤地笑了，并举起一个灰色的单肩书包，对着小城晃了晃。

“还给我！”小城站了起来，有些恼了。

“我不看你的书包，可你要是再不说实话，我就只能翻你的书包了。知道了你的学校，我也就知道前因后果了。”警察看着小城，显然，对付这种青涩的学生贼，他的招数多得是。

“好……”小城颓然地坐回椅子上，“不过我饿了，你先给我点儿吃的。”

警察爽快地答应了，并站起来出去了，屋里只剩小城自己。

相对于学校，他宁愿让爸妈知道这事。他难以想象同学们知道他是个小偷后会怎么对待他。嘲笑？孤立？还是小心翼翼地对待他，就像对待一件危险物品？还有，假如他一直很喜欢的女生知道了，会怎么看他？

虽然让爸妈知道后很可能会挨打，但他宁愿挨打。

他瞪着桌子上崭新的两盒颜料，觉得大脑木木的，如果现在能看透他的大脑，里面一定是空荡荡的。

为什么走到了这一步呢？如果让爸爸知道了，他会怎么想？还有……还有外婆和外公，他们一定会觉得自己的行为太丢人了！他们会失望的。

小城闭上了眼睛，他最不愿意让家人失望。

四

学校的广播里回荡着播音员甜美的声音，主要内容是费城城在艺术节得了诸多的一等奖。因为是课间操时间，男孩子都像脱了缰的野马一样在操场上玩，女孩子则三三两两聚集在一起聒噪地聊天，谁也没有注意广播中说的是什么。唯有小城，他倚着一棵高大的合欢树侧耳聆听，每一个字都不想错过。

“费城城在全国青少年艺术节中获得素描项目第一名、水粉画项目第一名、室内装潢画设计项目第一名……”

没有人对播报的内容产生反应，只有小城，他的嘴角扬起一抹微笑。

上课铃响了，小城双手插兜，抬起头直视着太阳，接着，他合上了眼睛，眼前是一片温暖的赤红。

这是一个秘密，一个只有小城自己知道的秘密。

爸妈都不赞同他学画画，成绩优秀的小城自从迷上画画后就像变了一个人，除去做作业，课余所有的时间都耗在画室里。很快，他的课本上画满了速写画和漫画，就连一个句号，也被他当作花蕊画上了繁密的花瓣。紧接着，小城的成绩无法控制地下滑了。

老师找他谈完话后，通知他把家长喊来，因为他无法与这个狂热的少年交流了，少年的心似乎已经飞到了云朵里，缥缈虚无。

接下来的日子里，小城受到了来自爸妈的阻挠。

“还是好好学习吧，看看你的数学成绩，我都不忍心看……”

“你看看人家，都是把这个当作课外娱乐、个人爱好，有拿画画当主业的吗？十个学画画的里有几个成画家的？又有几个画家能养活自己和家人的……”

小城堵上了耳朵，他不想听。

但是他的手被爸爸狠狠地捉住，露出耳朵来。他的耳朵只能不情愿地接受外界的声音。

“别画了，好好学习，零花钱给你停了，画室的学费我们也不再支付了。”

这是最后通牒。

小城倔强地望向爸爸的眼睛深处，里面是深又冷的悬崖。

这双眼睛让小城害怕，他忍不住想起外婆那双饱经风霜的眼睛，里面满满的全是爱意，无论小城做什么，里面流淌出来的都是一股一股的温泉。

五

“你说吧，为什么偷人家的颜料？又不是什么值钱的东西，不会自己买吗？还是你有这方面的怪癖？”警察看着小城狼吞虎咽地吃完两个汉堡，喝完一大杯热咖啡，又啃了一个苹果，又好笑又怜爱地问道。

“因为我想画画，却没有钱买颜料。”小城吃完东西后，心情舒畅了很多，负面情绪也少了许多。

他对这个警察有好感，于是老老实实地回答他的问题。

“你爸妈不支持你学画画？那你为什么不听话呢？”警察的声音有些颤抖，他似乎也想起了什么，但是被理智强压了下去。

他对这句话再熟悉不过——不久前，他也亲口对一个孩子说过类似的话。

小城轻轻地摇了摇头："在这方面，我不想听话。我知道偷东西不对，因此我平时都是打散工应付这些零碎的开支。但爸妈将我看得越来越紧了。今天下午有名师来画室指导，我太想去画室了，却偏偏缺了白色与正红两种颜色……其他的还好，能调和出来，这两种颜色是无法调的……"

"所以你就偷，是吗？"不知为什么，警察对这个少年动了恻隐之心，甚至有立刻放他走的冲动，"这么说，今天下午的课你也没听上？"

小城皱着眉头："没有。"

"但据店主反映，你来他店里偷不是一次两次了，都是这个原因？"警察严肃地问。

"是……也不是，"小城忧伤地回答，"我其实还抱着侥幸心理。当我有钱的时候去他们家买颜料，零钱都不用店主找；可是我没钱之后他却不肯通融，不愿意接受赊账。"

警察不说话了，他最能体会世俗的冷暖。

终于，他打破了两人之间的沉默，说："这样吧，你告诉我你家人的联系方式，让他们领你……"

"不！"小城大声地回绝了。

他怕爸妈回家后把这件事当作家常说给外公和外婆听。

"我会尽力跟他们说清的……"

"不。"小城的态度强硬极了。

"你不愿信任我？"警察和蔼地问小城。

小城愣了。

六

“你不愿信任我？”

这句话很久以前外公曾经对他说过。

小城因为调皮，爬到河边的大柳树上玩，不知不觉中爬到了树梢。他每动一下，树枝就疯狂地晃动，似乎支撑不住小城的身体，要断了似的。河岸是陡峭的，河水幽深。那时的小城还不识水性，无论是坚硬的地面还是冰凉的水里，他都不想选择。

虽然已是春天，但寒气未尽。闻讯赶来的外公二话不说，脱了上衣跳进河里，游到小城所在位置的下方，对着他喊：“小城，你闭着眼睛往水里跳，外公接着你。”

小城看着冻得嘴唇发紫的外公，畏惧地摇了摇头。

外公在水里游了一圈，故作轻松地对小城说：“你看，我不是游得挺好吗？下来吧，你外婆等着你回去吃饭呢！”

小城哆哆嗦嗦地伸出一条腿。他所攀附的树枝韧性极好，顺着小城的动作像条蛇一样摆动起来，小城吓得尖叫连连——这可比什么海盗船、过山车的刺激多了。

“别试探，直接跳下来！”外公焦急地大声喊，他怕小城失足掉下来，摔到地面的那边。

小城惊恐地看着外公。

“你不愿信任我？”外公在水里冲他伸出一只手，眼里全是鼓励。

小城的脸上又是鼻涕又是泪，他闭上眼，狠狠往空中一跃。

他飞了起来！

外公在水里准备好了接着小城。小城是安全的，他背后一直有人，等着时刻保护他。

也就是这次下水后，小城学会了游泳。

水对他来说，再也不是威胁性命的东西。

七

小城突然哭起来了。

他抽泣着、呜咽着，双手玩命儿剥着指甲，大张着嘴，对着空荡荡的屋顶号啕。他开始后悔，也开始自责，更加令他不安的是，爸妈若知道他一直背着他们画画，不知会有什么样的反应。

警察冷静地审视着他，似乎也察觉出他这些日子过得不好，充满了孤独、寂寞、不被理解。

他哭得那样委屈，却又酣畅淋漓。警察一句安慰得话都没说，只静静地等他哭完，递给他一卷纸，才问了一句话："哭够了吗？"

小城点了点头。

"那我去通知你的父母。"警察说。

警察站了起来，望着小城："告诉我他们的手机号码吧。"

"但是我有条件，我信任你，想让你帮我说服爸妈，"小城抿着嘴，坚定地看着警察，他知道，面前这位警察是个好人，"我很爱画画。"

警察一愣——小城的目光如此熟悉，他似乎在哪里看到过。

是的，没错，他看到过。这种目光在他的女儿眼中出现过。

"好人都会帮助好人。"小城说。

八

尽管隔着一条走廊，小城还是清楚地辨识出外面嘈杂的人声中有两个熟悉的声音——爸妈接到电话后都以最快的速度来到了派出所。

爸爸很激动，他多次重复说要好好教训小城。妈妈在哭，哭声里全是委屈。他们都没能进来，被警察拦在门外。

小城闭上了眼睛。

他们在与文体用品店老板交涉赔偿问题。期间妈妈多次尖声叫嚷："就这么办了！"多年的领导生涯使她以为所有人都是她的下属，这个习惯让她即使处于劣势时也理直气壮。小城听着外面的声音，无奈得想笑。

门终于开了，在警察的带领下，爸妈进来了。他们看上去似乎老了十岁，尤其爸爸，看上去灰头土脸的。小城知道是自己的错误，于是主动站起来说："爸，妈，我错了。"

"知道错就行了？早就不让你画画，你居然还偷着画！"妈妈没好气地说。

小城的心顿时凉了半截。

"你说这事要是传出去得多丢人！你让我跟你爸以后怎么在单位里抬起头？啊？你说！"妈妈的声音又哽咽了。

"做错事的是我，又不是你们，有什么抬不起头的。"小城冷冰冰地说着，后退了几步，又坐回椅子上。

"你这个没良心的东西！你是我们的儿子，你做错事我们当然抬不起头！太丢人了！咱家人几辈子都没遇到过这样的事，你倒还有理了……"

又开始了。小城想。

果然，妈妈开始数落起他从大到小的过失，包括在幼儿园数次掉进厕所里，被人捞上来送回家的事情。小城对那些事情还有印象，他想笑，又不敢笑，终于憋不住了……

扑哧一声，小城笑了起来。众人被吓了一跳，以为他过分害怕，犯神经了。小城笑啊笑，直到笑出眼泪，笑得几乎从椅子上跌下来。

“笑什么！”爸爸一声怒吼。

小城不笑了：“我要回外婆家！”

“什么？回外婆家？你不上学了吗？不行！”妈妈斩钉截铁地拒绝了。

“我要回外婆家！”小城也吼起来，声音比爸爸还要大，还要洪亮，似乎要把十几年积攒的委屈与难过全部宣泄出来。屋外面的人也都听到了小城这一声喊，他们纷纷停下手中的工作，循声望过来，以为发生了什么事。

“我——要——回——外——婆——家——”

喊声直冲云霄，震飞了一群休憩的鸽子。

九

又是那熟悉的场景。

船缓缓在水面前行，静谧的河水轻轻地喃语，柔柔的水波推送着小城的船回家。前方是淡淡的雾气，有人在哼唱一支古老的歌谣。

小城焦急地往前望去，前方只有桥，只有匆匆往来的行人，大家各自走着，赶在他们的生活轨道上。在喧嚣中，歌声越来越近，越来越近，似乎就在他的身边，也似乎距离他还十分远。小城四处张望着，感觉那声音好像就在他的耳边轻吟，然而一转身，却又消失了。

船头上放着一个折叠起来的画架和一个工具箱，当然还有码得整整齐齐的颜料和纸张，这些都是小城的财富。

从雾气中，他看到了外婆的家。在家门口的河边蹲着一个老人，正在洗衣服。

“外婆！”小城在船上用力跳跃着，大声喊着。

老人抬起了头。

是外婆。

她看到了小城，脸笑得犹如一朵盛开的牡丹。她用双手在围裙上擦抹着水渍，对小城张开了慈爱的双臂。

小城连衣服都没脱，就以一个漂亮的动作下水，潜到了河底。刚刚入夏，温度刚好，熟悉的水腥味扑面而来，他感到自己的每一个细胞都在欢快地尖叫，像干渴的植物接受雨水的滋润。

他加快速度，向外婆家游去，水流似乎把他身体的里里外外都洗干净了。

前方是一轮耀眼的太阳，正冲破雾气，升上天空。

十

真是一个倔强的孩子。

夜深了，那位警察还独自坐在办公室，反复看着这个案例。他最终还是心软了，帮助小城说服了他的爸妈，他们答应先让孩子散散心，回一趟外婆家。

他这样做，一方面是被小城感动，而另一方面，却同样有一个不能说的秘密……

他给女儿打了一个电话。

他与女儿的冷战已经持续了半个月，那个倔强的丫头似乎打算再也不跟他说话了。他本来还想坚持一阵子，然而小城的出现彻底改变了他的想法。

当女儿的声音从电话中传来时，他的眼眶竟然有些湿了。

“喂，我是爸爸，我想说的是，如果你真的很喜欢小提琴，那么，就去学吧。”

老爸牌空调车

一

暑假漫长，炽热的太阳总也不肯下山，赖在空中一动不动。游泳馆里没几个人——没人愿意这个时间段来，因为天实在太热了！可是对于春晓一帮人来说，这绝对是玩耍的好时机，因为这样一来，帅哥救生员就不得不只注视着她们了！

“噗——”春晓从水里冒出了头，她在水下憋气憋了二十多秒，就再也待不下去了。她一露头，朋友们就开始喝倒彩。

“真丢人，还不如前一次呢！”她们撇嘴的撇嘴，泼冷水的泼冷水，嘲笑着春晓的窘迫，“就你这肺活量还想参加秋季运动会呢！”

“我说了，我该回家了。”春晓强调了一遍，她的眼睛看向游泳池边的帅气的救生员，瞥了一下，又瞥了一下……春晓敏感地注意到，他终于对这群女孩子产生了好奇心，尤其是春晓，大概是因为她从进了游泳池后就开始以各种理由要求回家了吧。

“喂，不是吧你——”朋友们失望地拖长了尾音。

女孩子中性格最活泼的阿雀来到春晓身边，挤眉弄眼地说：“现在回家太可惜了哟，小帅哥刚刚看了你好几眼呢！”

“去你的——”春晓半笑半恼地推了阿雀一把，她没坐稳，扑通一声掉进了水池里。阿雀尖叫着，双腿乱蹬，水花四溅。女孩们爆发出一阵大笑，引来旁人注目。

远处的男孩也立即下水，迅速游到了阿雀身边，一把将她拽了起来。

“有没有搞错！我会游泳！”阿雀惊讶地一脚踹开男孩。男孩顺着她的力度，像条鱼一样，灵巧地扭动着身子游开了。

“神经病。”男孩虚惊一场后低声骂道。

“嘿，你骂谁神经病呢！”阿雀不依不饶地跟着游了过去，凶巴巴地抓住了男孩的一只脚，调皮地往水里一潜，男孩就被拽到了水底。

女孩子们围成一团，兴致勃勃地看着这场水战，只是男孩明显不想跟阿雀打水仗，所以一直躲闪着阿雀的进攻。

春晓见大家的注意力都集中在两人的水仗中，便悄悄上了岸，打算回家。

“喂！明哲！你干什么呢！”一个严厉的声音在女孩子们身后响起，紧接着，一个救生圈砸了过来，不偏不倚，正中救生员明哲的头。

是游泳馆老板。春晓对他的印象十分深刻，这个老板经常对救生员非打即骂，有时候还嚷嚷着扣工资，那副奸商的嘴脸实在让人生厌，而且，他的嗓门非常大，一点儿礼貌也没有。

明哲搂着救生圈，不服气地看着老板，但碍于还要在这里工作，只能一语不发地游走了。春晓绕到换衣间，关上门的瞬间，还看到老板在游泳池的另一头训斥明哲，内容无非是怪他三心二意，万一游泳馆出事怎么办云云。

春晓对他的怜悯又多了一些。

二

树上的蝉扯着嗓子喊着，整个院子都像沉浸在声音的海洋里一样。春晓纳闷极了，这些大人怎么能睡得着啊！在这北方的小四合院里的大人们都有睡午觉的习惯，尤其在烈日炎炎的夏日，吃了午饭后开始睡，一直睡到下午三点才起床。大人们不仅自己睡，还要强迫孩子一起睡，春晓的爸爸就是其中之一。

春晓蹑手蹑脚地拉开自己卧室的门，一点儿声音也没有。她得意极了，因为门转轴处被她塞了棉絮，所以才没有声音。

可是……

“春晓！”洪亮的男中音在她身后响起，春晓吓得浑身一哆嗦。

“爸……”春晓惊慌失措地想把装着泳衣的背包往身后藏，但是这绝对瞒不住爸爸。

爸爸是军人，具体做什么工作春晓不清楚，只知道与破译密码相关。

现在，他凌厉的目光正盯着春晓，问：“上哪去了？老实交代！”

“老实交代”这四个字让春晓不寒而栗，似乎她立刻变成了敌人，而爸爸则是审问她的军官。

“去……去……去图书馆了……”春晓结结巴巴地回答，但明显底气不足。

“呵呵……”爸爸冷笑一声，指着春晓还潮湿的头发，“图书馆里都是水，对吧，你是游过去的？”

春晓恨不得把舌头咬下来——真是太蠢了，怎么能撒去图书馆这样的谎呢？图书馆里什么都有，就是没水呀……

“我看你又偷偷游泳去了！”爸爸厉声呵斥，“告诉你多少次了，不要自己去游泳馆，出了事怎么办！我本来不想惩罚你的，没想到你居然撒谎，还说去图书馆！你在院子里站着思过！太阳不下山就不许进屋！”

说完，爸爸背着手回屋了。屋里妈妈的低语响起，大概是在给春晓求情。但是没用，爸爸在家里就是“绝对权威”，谁的话也不管用，爸爸已经把家变成了他的王国。虽然爸爸是国王，但春晓可不是公主，她觉得自己绝对是小奴婢！

春晓赌气地站到太阳底下。她这是故意的——我就不信你不心疼！不一会儿，她的皮肤就火辣辣的了。哼哼，开始了！春晓记得，这是第二次在太阳底下罚站，第一次是九岁那年，她偷了家里的五十元钱买了一个娃娃。当时爸爸勃然大怒，让春晓罚站，结果她中暑，晕了过去。当天晚上，爸爸给她买了十个娃娃。

晒了一个多小时了，还是没有晕，春晓忍不住觉得奇怪，难道现在她有抵抗力了？她不仅不头晕，不恶心，还挺精神，目光炯炯地盯着爸妈的卧室，等着爸爸出来。

门开了，出来的不是爸爸，而是妈妈。妈妈端来一盘切好的冰西瓜和防晒霜，心疼地拉着春晓到荫凉处：“站那么热的地方干什么？到树荫下来。”

春晓甩开了她的手，站回到太阳下，并且拒绝吃西瓜和涂防晒霜。

爸爸一直都是这样，说一不二，把春晓当他的兵训练。她至今还清楚地记得，从三四岁开始，爸爸就规定她必须每天早晨四点起床，并出去绕主城区跑两个小时才能吃早饭，无论冬夏，无论刮风、下雨，从未改变过。而且，无论春晓犯什么错误，只要她辩解一句，就会立刻招来劈头盖脸的责骂，严重的时候还要挨两巴掌。

“不许给她拿西瓜，端进来！”屋里传来了爸爸的声音。妈妈为难地看看倔强得犹如一根木头的春晓，只好把东西都端了回去。

春晓怨恨地看着爸妈卧室的窗户，妈妈还在劝爸爸不要这么严厉，两个人似乎在拌嘴。

要不……干脆装晕吧！于是，春晓腿一软，倒在了院子里。

三

春晓觉得，大概从自己读初中开始，爸爸才变得越来越不可理喻。

“春晓！把衬衫束到裙子里去！什么？裙子松？找根绳子系上！”

“春晓！你那头发怎么搞的，不会扎起来吗？要不干脆剪了。”

“春晓！把你的被子叠好！窝窝囊囊的，一点儿女孩子样也没有！”

“春晓……”

对于这些命令，春晓叫苦不迭。还好现在流行把上衣束到裙子里，再配上一条腰带，不然的话她真不知道该怎么出门。

每天早晨跑步时，春晓要么加快速度跑到爸爸前面，要么拖拖拉拉，跑在爸爸后面，总之绝对不肯与爸爸并行。她觉得一个有限的空间内只要有了爸爸，连空气似乎都是凝固的，一切生物都是呆板僵硬的，一切话题都是枯燥乏味的。不过也托爸爸的福，因为运动量大，作息时间规律，春晓的个子比同龄人要高一些，皮肤也特别好，但这一切并不能缓解春晓与爸爸的关系。

如果没有自由，没有自我，那么，这些外在的东西有什么意义呢？

春晓最羡慕阿雀，她与她的爸爸就像朋友一样，大半夜了还在吃夜宵，天亮了，两个人还在睡懒觉。阿雀家的被子可以不用叠，用阿雀的话来说，被子就是用来盖的，叠它干什么？

暑假开始后，阿雀迷上了游泳馆的救生员明哲，并且找了一帮女孩子陪她游泳。春晓很小就学会了游泳，这个游泳馆她也常来，但是爸爸从来不让她脱离自己的视线，更别提跟明哲说话了。

此刻，春晓已经在太阳下躺了半小时，还是没有人发现她“晕倒”了，爸妈在屋里看电视，节目的声音回响在不大的四合院里。地面上因为铺了青砖，有着森森的凉意，她不仅没能中暑，反而觉得十分惬意。于是，春晓犹如一条小狗，在地上一直趴到太阳落山。

门外传来了收废品的喊声，爸爸在屋里大喊一声:“等一下！”

他出来了，在储物室里翻了半天，找出来一辆自行车，旁若无人地推着自行车从春晓的身边走了出去。

春晓记得这辆自行车。在他们家还没买汽车之前，主要的交通工具就是它。每天爸爸都先送春晓上学，然后再骑着自行车上班。天特别热的时候，爸爸的后背都湿透了，可是他还是不肯放慢速度，风吹得春晓额头上干干的，一丝汗都没有。

“春晓，是不是比空调还凉快啊？”爸爸边骑车边问。

“是呀！真的比空调还凉快，我乘坐的是‘老爸牌空调车’！”幼年的春晓坐在车后座上响亮地回答。

可是随着时间的流逝，春晓与爸爸渐行渐远，“老爸牌空调车”也因为年久失修，永远停在院子里，再也没有人动过。

春晓听着爸爸与收废品的人在门外讨价还价，不知不觉中，泪水从眼角溢出，淌到地上，渗进了地砖缝里。她就这么躺着，像条小狗似的，没有人注意她。爸爸卖完了自行车，走了回来，面不改色地从春晓身上跨了过去。春晓看着他挺得笔直的脊背，怨恨极了。

我到底是不是你亲生的！

四

开学后，春晓与阿雀她们去游泳馆的时间少了，不过，遗憾很快被兴奋代替，因为秋季运动会开始了。

自然，女子长跑是春晓的项目，而且不用猜，冠军也一定是她。

当春晓独自一人冲过终点线时，只有阿雀上来递给她一条毛巾，裹住她满是汗水和泥土的肩膀。两分钟后，几个累得面无人色的运动员才依次跑过了终点线。在终点等待已久的亲友团蜂拥而上，爸爸妈妈们开始“心肝宝贝”地喊，又是递水，又是扶着。在离开喧闹的人群之前，春晓听到跑最后一名的孩子的家长安慰她：“你一直都是爸爸心中的第一名。”

春晓一阵心酸。

她走到领奖台前，对老师说：“奖状给我。”

“可是还没到颁奖的时候……”老师有些吃惊地看着满脸泪水的春晓，解释着。

“那有什么关系，给我就是！反正谁在乎呢！”春晓伤心地喊着。

老师只能给了她第一名的奖状。她拿到后将它卷了起来，像是一根细棍。

回到家后，她把奖状随意往桌子上一扔，开始收拾泳衣。

“你要到哪里去？”妈妈边做饭边问。

“游泳。”春晓简洁地回答。

“你爸爸……”妈妈上前夺过她的泳衣。但还没容她说完，春晓就打断了她的话。

“他还没下班，你不说，谁会知道？”春晓说完就跑了，连泳衣都没有拿。她跑得快极了，似乎在跟自己的身体作对，连腿酸了都不愿意停下来。

入秋后，游泳馆里一个人都没有。她连衣服都没换，只穿着短袖和裤子，就扑通一声扑进了水中，水花溅出了池子。

水凉得沁人心脾，春晓觉得自己与水融为了一体。她在水中睁开了眼睛，从她的角度看去，水池像是一块方形的绿色琥珀。

她还没有接触到池底，就有一个人跟着她跳了进来。

白色的水珠挡住了她的视线，还没等她反应过来，一只手就拽住了她的胳膊。春晓下意识地想问“你要干吗”，但一张嘴，却咕噜噜灌了不少水。

“咳咳咳……”春晓咳得上气不接下气。

她气势汹汹地抹去眼皮上的水：“干吗啊你！”

原来是明哲。

“为什么想不开？”明哲关切地问。

春晓又好气又好笑，一把推开明哲：“谁想不开了？我只不过在练习潜水！你这么突然地冲过来拽我，我差点儿淹死。”

“对不起，我以为……”明哲递给春晓一条毛巾，示意她擦擦，“穿着衣服往下跳，谁都会以为……”

看着春晓开始擦头发，他继续问：“你爸爸怎么没跟你一起来？”

“我爸爸？！”春晓瞪大了眼睛。

“是啊，从前我经常见你跟你爸爸来游泳，连冬天也来，毕竟冬天游泳的人不多，你们父女挺特别的。近几年没见过他，你爸爸他身体没什么事吧……”明哲的声音越来越轻，目光里充满了同情。聪明的春晓立刻明白了他的意思，她忍不住笑了。

“你想太多了，我爸爸的身体好着呢……”春晓笑得前仰后合。

“那……”明哲也跟着笑了，目光里充满了询问。

“你对我爸爸很感兴趣吗？”春晓问。

“你的爸爸，应该是位军人吧，看他说话的语气，走路的姿势，我猜应该是的。”明哲温和地说。

听到明哲谈论她的爸爸，春晓略微有些诧异，可她的语气很快冷淡了下来：“是，那又怎样。”

“你跟他吵架了？”

明哲刚问完这句话，他们俩身后就响起了一阵怒吼：“明哲！又偷懒！给你拖把，把游泳馆擦一下！刚刚那么多水渍也不收拾！”

是游泳馆的老板，他远远地冲明哲大吼，并且扔过来拖把和抹布。

“不好意思……”春晓躲过飞过来的拖把，向明哲道歉，“刚刚是我弄的水渍，却害得你挨老板骂……”

明哲轻轻摇摇头，笑了：“他不是我的老板，他是我爸爸。”

五

春晓用抹布轻轻地擦着池边的水渍。她抬头看了看明哲，又打量一下远处修理栅栏的明哲爸爸，怎么都无法把这两人联系到一起。

明哲温文尔雅，平和多礼，而明哲的爸爸却十分粗鲁，按照阿雀她们的说法，甚至有些“神经质”。

她问低着头认真拖地的明哲：“你爸爸一直都这样凶吗？”

明哲有些奇怪地反问：“凶？你觉得他很凶吗？”

“也不是啦……就是说话的声音很大，对你也很……”春晓小心翼翼地挑着词语，生怕触痛了明哲的心。

“他说话的声音大，是因为他的耳朵听不见，”明哲说，“以前他在护城河里救过一个落水的孩子，耳朵感染，得了中耳炎，后来就慢慢听不见了，他其实意识不到自己声音的大小……”

春晓因他说的话而震惊了。她愣愣地看着远处专心致志修理栅栏的明哲爸爸，不知该说什么好。

“爸爸并不是完美的代名词，有时候我们的要求不能太苛刻了。其实仔细想一想，我们自己也浑身都是毛病，他们不嫌弃我们，我们为何要嫌弃他们呢？有的时候爸爸对我们横加指责，很有可能是他们觉得自己太孤单了，太寂寞了。我们长大后，上了学，认识了更多的人，世界逐渐变得丰富多彩；而对于爸爸来说，他们的世界却因为年龄的增大而逐渐变小，最终只剩下他们自己……仔细观察一下吧，他并不是在生气，只是在通过生气来引起你的注意罢了。”

明哲说完，接过春晓手中的抹布：“这些事情还是我来做吧。”

明哲的表情十分奇怪，他似笑非笑地用手指了指春晓的身后。

春晓回过头，发现爸爸正背着手在游泳馆的门口站着。

见春晓回过头来，他气势汹汹地冲了过来，对着春晓劈头盖脸一顿骂：“不让你一个人来游泳，你偏来！出了事怎么办？啊？我看你是再也不想出门了！回家面壁思过！不许吃晚饭！”

听着爸爸的训斥，不知为什么，春晓一点儿都不觉得委屈，反而有一丝心酸。

是的，爸爸这是在用训斥来告诉春晓：“你永远都是我的女儿，所以你不许乱跑，更不许擅自离开我！”